蕭邦的傳聲者

La télégraphiste de Chopin

Éric Faye

艾力克・菲耶_著
黃馨逸_譯

「他的觀點是藝術作品包含其存在的雙重性，如同挖掘出土的古蓮花種子依然能綻放花朵。擁有不朽生命的藝術品，在身處各個時代與國度的人們心中，皆可再次復甦。」

——三島由紀夫

這本小說是受羅斯瑪麗・布朗[1]生平所啟發的自由創作。

1 羅斯瑪麗・布朗（Rosemary Brown, 1916-2001，英國作曲家），她因創作出令人驚艷的樂曲而名噪一時。然而她卻坦言自己的樂曲創作是某些作古已久的名音樂家教她速記下來的。

目次

第三部

導讀

請聽冥界捎來的馬祖卡舞曲

陳太乙／資深法文譯者

二〇一九年，菲耶受邀參加臺北國際書展。接風宴席間，一番寒暄過後，把酒言歡之際，出版社的代表們善盡地主之誼，熱情地請初次來臺的作家說說想去哪些地方，想認識臺灣哪方面的文化，我清楚記得，記者出身，法蘭西學院小說大獎的得主，以將真實報導改寫成小說聞名的菲耶，他的回應是：「有沒有什麼荒唐離奇的傳說？我喜歡蒐集各種不可思議的怪事。」

《蕭邦的傳聲者》寫的就是一宗靈異事件：一九九〇年代的布拉格，有一名五十七歲的女子聲稱自己能與已逝世超過一百五十年的蕭邦通靈，並且在他的口述下，譜寫，彈奏出音樂家從未發表過的「新遺作」，數量多達上百首。世界知名的捷克古典樂唱片公司Supraphon打算請她錄製專輯，當地各大報亦對她進行採訪。暫且不論這些樂曲之真偽，整起事件已引發討論，立場分派，儼然有形成熱潮的趨勢，也就是說，極具新聞價值……

這實在是個比菲耶的得獎作品《長崎》（衛城，二〇一一）更令人匪夷所思的故事，然而，它還真的有事實根據：蕭邦的傳聲者，薇拉．福爾蒂諾娃，其原型為英國人羅斯瑪麗．布朗（Rosemary Brown，一九一六—二〇〇一），而與布朗女士通靈的可不僅蕭邦而已！最先找上她的是李斯特，然後，德布西、葛利格、舒曼、布拉姆斯、貝多芬、巴哈、舒伯特、拉赫曼尼諾夫甚至莫札特及史特拉汶斯基……幾乎所有音樂大師都曾借她之手發表他們「生前來不及譜寫的作品」，藉以「證明另一個世界的存在」！一九七〇年，飛利浦唱片（Philips）曾挑選她「記錄」下來的十七首樂曲，外加她本人的說明，灌錄了一張黑膠唱片《A Musical Seance》（LP Philips 6500 049）。如今，布朗女士雖不致被定調為騙子，但多半被視為心理異常，她的行徑有可能是一種無意識的平庸模仿（Zusne, Leonard; Jones, Warren H. 1989. *Anomalistic Psychology: A Study of Magical Thinking*. Lawrence Erlbaum Associates, Inc.），或者在潛意識中利用化身為世人公認的天才來肯定自己的創作（Kastenbaum, Robert. 1984. *Is There Life After Death?*. Rider and Company.）。

煞有其事之事，是神？是靈？是鬼？是複雜精神狀態之投射？或者，只是純粹的謊言？

在Seuil出版社錄製的書介影片中，菲耶說，他寫《蕭邦的傳聲者》這部小說，一方面是針對藝術領域中常見的神祕騙局提出思考，另一方面，他更想探討科學的極限，理性與非理性的界線，超現實在現實中的可能。事實上，這兩項動機在他早期幾部作品中已有跡可循。前者，例如貫穿《巴黎》（衛城，二〇一八）全書情節，那份傳說中足可將蘇聯老大哥拉下臺，但連作家本人都記不清內容的手稿。而關於科學進步的迷思，《三境邊界秘話》（衛城，二〇一六）

這本迷人的短篇小說合集，分別以神話、寓言、科幻小說等體裁敘事，遊走於虛實之間，深具洋溢黑色幽默的諷刺效果。若說此前在他作品中常見的主題是憑空消失（disparition），例如講述多起日本平民遭北韓綁架案件的《日人之蝕》（衛城，二〇二〇），此次《蕭邦的傳聲者》呈現的卻是顯靈（apparition），亦即一種憑空出現的強烈存在。消失的背後往往有人為意圖操控，是陽謀是陰謀，是尚未被揭發的祕密；但顯靈異象卻直接衝撞人類為擺脫對大自然的恐懼而逐步建構起來的理性思考，不受控制，無從解釋。神祕令人不安，因為理智不容許失常，一切必須有因有果有證據。

菲耶認為文學是描繪及探討靈學奧祕的絕佳工具，他喜歡刻意營造不確定感，將讀者置於脆弱不安，不知所措的狀態，進而產生一種佛洛依德所謂的「怪怖心理」（das Unheimliche），也就是說，失去家一般熟悉的安全感，隱祕被暴露，親近且深信之事物變得令人擔憂，簡單而言，使人開始疑神疑鬼。記得也是在那次臺北書展上，曾有讀者讀了〈三境邊界祕話〉這篇與書同名的小說，覺得一頭霧水，抓不到重點，詢問菲耶該如何理解，他的回應是：「這篇小說不是用來理解的，是用來感受的。我就是希望讓讀者體會與故事主人翁相同的失重感。」

然而，身為菲耶的忠實讀者，感受著真相撲朔迷離，情節膠著難解之同時，我無法忽視這位小說家擅長的「時空大挪移」如何扭轉了整起事件的詮釋可能。冷戰時期的東歐，極權統治下的處境，始終為菲耶提供測試人性的實驗場。而這一次，參數稍作調整，時空界定在一九九五年的布拉格，《蕭邦的傳聲者》帶我們認識剛經歷天鵝絨革命，和平分立，初嘗獨立自主的捷克共和國。充其量成為心理分析學研究對象的英國靈媒，若生長在布拉格之春幻滅後的捷克斯洛伐克，恐怕等同中古世紀的巫婆，該被趕盡殺絕；而一九八九年後，政權雖相對和平移轉，長久佔據人心的恐懼卻難以立即同步消弭。在天鵝絨革命過後不久這一段微妙的重整轉型期，陌生的自由，或許亦散發著怪怖感，竟是不安的來源，令人不知如何拿捏，彷彿生命中一項不可承受之輕。故事主軸看似飄忽難捉摸的靈異與笛卡兒理性主義的對決，在我讀來，又何嘗不是曾擁抱唯物論及無神論度日，生存，鬥爭，甚至求上位那群人在新世界裡的焦慮掙扎？對照通靈者薇拉．福爾蒂諾娃的氣定神閒，甚至對於蕭邦找上她一事感到些許榮幸幸福，且看負責查出真相的記者路德維克．斯拉尼，為了不讓自己的理智斷線，搬用了多少最先進的科學理論——從生物學、腦神經科學、心理學、精神分析、到量子物理——力求證實……

證實什麼呢？當現實牽強，而虛幻無懈可擊，當界線模糊，真假不分，甚至對調，儘管荒謬也要一個真相時，真相究竟為何？所謂真相又是誰說了算？塑造不可靠的現實向來是菲耶的策略，《蕭邦的傳聲者》一面用類似推理小說的敘事迫使讀者跟著動腦解密，一面也設下陷阱，帶你不知不覺地迷途，茫然，錯愕，掩卷時打個哆嗦，重新睜眼時，換一個視角看世界。

至於為什麼會把理性與靈性的抗爭舞台設在捷克呢？菲耶說，因為他當時在布拉格駐村寫作，這個孕育出卡夫卡、赫拉巴爾、昆德拉、德弗扎克等天才的藝術之都是他最喜愛的歐洲城市，而且布拉格以傳說多濃霧多聞名，也非常適合這則靈異故事；而我想，既然挑了這個終結專制之後選出詩人總統的國家，總能超越時空捕捉靈感的菲耶，早已宣告孰為勝利的一方。

第一部

第一章

在格外濕滑的鵝卵石路面上，他寧願冒著扭傷的風險，也不甘錯失良機，讓前方三十公尺那個小跑步的女人溜走。根據斯拉尼對他的說明，這個女人在弗德雷里克·蕭邦死後一個半世紀，竟然還可以跟他溝通。這可是非同小可的案件。如果十年前有人向他預告，十年後這個世紀末萬聖節的暗黑星期一，他將不再是祕密警察一員，而是淪為私家偵探，並在一個國土被削減一半且向資本主義靠攏的國家討生活，當時他肯定會咒罵未來。但如果那人繼續補述，就在同一天，他將負責監視一名學生餐廳的離職員工，那人在波蘭作曲家口述下譜寫十多曲遺作，那他性格中潛藏豐富奇想的面向將隨之甦醒，並再三思索未來或許仍值得期待。

如果接著他得知眼前這名女士是數年前他跟蹤過一名桀驁不馴男子的遺孀，那他會領悟到私家偵探是一份值得由父親傳承給兒子的衣缽，就像法院公證人一樣，是能永續經營的職業。是的，這名女士和她的鬼魂夥伴，與那些在酒吧流連廝混到深夜的反對派人士不同。那些前政權時期該死的反對派，害他終生飽受難以根治的支氣管炎所苦。因為這名國家保安局的基層特務從年輕時期開始，就常在嚴寒汽車中久候，讓他的支氣管十分脆弱。[1]

這名他跟蹤的女子已經聲名遠播到波希米亞山脈外。她的名字叫薇拉·福爾蒂諾娃，從婚後二十六年來都被如此稱呼。以往閨名是薇拉·科瓦爾斯基，她的出生在一九三八年六月無人記憶的一天。這樣推算，在一九九五年萬聖節當天，她已經五十七歲了。當薇拉重新現身在他視線範圍時，這名前捷克國家安全局特務大大鬆一口氣。從出門開始，這已經不是她第一次短暫逃離他視線。即便他有過「點對點」的嚴密跟蹤經驗，但每次碰到這種空白的瞬間，他仍會冷汗直流。隨後，那名女子帶著捉狹表情的圓胖身影又會出現。如果跟蹤任務僅限於此，他倒很樂意繼續奉陪玩下去。

從上午開始，她就一直忙進忙出。這名偵探一週以來也沒停歇過。現在街道變得筆直，他心想接下來的跟蹤任務總算能輕鬆一些。他可以跟得更緊，以免再失去她的蹤影。她的目的地到底在哪？可以確定的是她並不是走在回家路上，而是朝相反方向走去。約莫到中午，當她走進一家喫食店時，他鬆了一口氣並點燃一支菸，慶賀這個短暫的休兵時間。他想起那名記者要求他有新情況時要隨時知會，並留意到不遠處有座電話亭。鈴響兩聲後，電話被接起。

「路德維克・斯拉尼，捷克電視台！」

「我是帕維爾・切爾尼，您之前叮囑我打電話回報情況。我趁她在商店買東西才抓到一點空檔。她在十點以前離家，前往她丈夫在奧爾沙尼的墳前獻花。[2] 現在我離高堡很近了。」

簡短幾句話後，他突然中斷彙報，「等等，她剛走出店外，而且又買了一盆菊花。正如我預料，現在她上樓了。我盡快回電給您，我不想再跟丟她了。」

1 此處的國家保安局是指捷克斯洛伐克國安局（The Czechoslovak State Security，簡稱為StB）。

2 奧爾沙尼（Olšany）是位於捷克布拉格東北方一個大型公墓區域，當地許多居民會去掃墓，或為已故親友獻花點燭。

第二章

一個月前，早上八點，路德維克家中的電話突然響起。每天他醒來後，習慣立即伏案書寫前日未完成章節的寧靜時光被應聲打斷。這名記者討厭在閱讀時被外界打擾，即便是貓叫聲也難以豁免。大多時候他對這些入侵的意圖感到輕蔑，因為他深知若對這些干擾因素讓步，自己的一天就會被毀掉，如同夢遊者在遊蕩時被喚醒一樣。晨光中的閱讀是神聖的，那是啟動日常生活前需服用的解毒良方。之後，凡塵的苦難會潑灑在人們身上，但也不至於影響太劇烈。

這個早晨，電話鈴聲執拗響著。在幾句無濟於事的咒罵後，他匆匆起身走到房間，手肘不慎撞到一個相框，讓相框摔落到地面，伴隨玻璃碎裂聲響。他及時接起電話緊張回答：

「我在！……對不起，原來是你打來的。抱歉，我以為……不，你沒打擾我，我正準備出門……等一下一起吃午餐？我沒有安排事情，樂意之至……沒發生什麼糟糕事吧？那就這麼說定了，菲利普，正午十五分到餐廳用餐，你負責訂位？好的。」路德維克邊收拾玻璃碎片和相框，邊痛苦想起拍下姿德恩卡影像的那一天。正如當時他所說，她美麗的韃靼臉龐在特寫鏡頭下有點像亞洲人，[1]那是他們之間故事的**伊始**。他還記得那是在週末，兩人前往庫特納霍拉城（Kutná Hora）旅行。他曾讚揚對方神似俄羅斯的電影明星塔季揚娜・薩莫伊洛娃。[2]這麼說絕非為了取悅她，也不是謊言。她擁有高高的顴骨、杏仁狀的眼睛、大波浪捲髮和深色的眉毛……然而造化弄人，諾瓦克打來這通令人疑心的電話正巧讓她的相框摔碎。也許確實是時候將他女友（或前女友）的照片深深埋進抽屜，他已不確定該如何定義這段感情，這份愛戀只剩殘破的碎片。

為什麼總編輯這麼早就打電話給他，甚至還等不及他到電視臺？這不像他的作風。話說回來，菲利普．諾瓦克確實不太喜歡和記者們混在一起，但他至少可以等路德維克早上進辦公室後再打分機召喚……菲利普在電話中語帶保留，那是舊政權遺留的一種本能反應。

儘管路德維克．斯拉尼默默告訴自己，如果菲利浦有什麼不滿，是不會邀請他共進午餐的，但在知道詳情前他依然感覺整個上午漫長無比。所有在編輯部工作的人都害怕被叫喚到三樓。諾瓦克的辦公室在那裡。去到「那裡」的人會面色慘白，問大老闆有什麼事要注意。沒事呀，沒什麼事……或許菲利浦這麼做只不過是要讓人先感受到他的好心情。之後，他會讓那個雀屏中選的倒霉鬼煎熬焦慮，只得到兩聲冷哼作為回應。

稍後在前往赴約的電車上，路德維克心不甘情不願起身讓座給一名老人，在那瞬間他想到：現在最好還是多提防這傢伙。知道上司要找自己談話本來就不是件愉快的事，當這名上司叫作諾瓦克時，不安感就讓人愈發難以想像。尤其當他認定自己有千百個理由與上司立場相左時。

幾個月來，諾瓦克常常光顧納．里巴涅餐廳，而且總會坐在第一間房的桌子前。這名大老闆充分展現何謂「識時務者為俊傑」，急切與一票前反對派人士在一片尼古丁的煙霧中互相交流想法，同事對他這種行徑嗤之以鼻。

這是路德維克第一次步入這家餐廳。當他提早抵達走下六級階梯時，驚訝地看見諾瓦克已早早入座，並露出意味深長的微笑，起身向他伸出手。

諾瓦克身後有一幅夕陽西下、浪花翻滾的海洋油彩畫。隨著時間積累，在被煙草燻染泛黃的浪花上，有一艘載著十五位漁民的捕鯨船顫巍巍晃動。船上站著一名男子，手握船槳保持警覺。不過接下來用餐時間，路德維克再也無暇觀看男子，不知道那名男子最終是否看見正在追捕的鯨魚。因為諾瓦克聲聲催促他點餐，接著切入正題。

「我在找一位奉行笛卡兒主義的人。那種頭腦理智、思緒清晰，即使聽到一則動人故事與其中令人咋舌的細節，仍然能保持冷靜思考力的人。我相信你是我的理想人選。」

「為什麼理由？」

「為了一個我非常重視而且題材特殊的紀錄片，它需要讓人付出異常的時間、思考模式和製作策略。紀錄片的主題非常敏感，需要精確切入。我很快會讓你了解原因。」

「如果涉及政治或貪腐議題，我不太樂意……」

「與那些問題都無關，別擔心。不過，這個議題本身就有潛在爆發力。在把這項任務交給你前，我想和你談談並獲得你首肯。你很了解狀況，必須擺平團隊跟同儕間的嫉妒……同時，也不能擋到任何心存覬覦或胸懷野心的人。我應該不必告訴你記者最終是如何自毀的吧？」

「？」

「因為沉迷自己的成就和名聲而跌落神壇……好啦，回歸正題，在宣布委託你展開調查前，我想先獲得你的承諾，因為一點猶豫不決都可能造成閃失。有關編輯部內部競爭與衝突的複雜經驗，我可以足足寫成一本書。」

「你確定要將任務派給我？」

「相信我，這個主題簡直是替你量身打造。這是一個關於音樂靈媒的故事，至今那些試圖揭開真相的人都走入死胡同。或許你對這名女士的名字不陌生，她叫薇拉．福爾蒂諾娃。」

在那之前，路德維克其實從沒聽說過她，但一聽到這個名字，他還是不由自主打了個冷顫，彷彿某個名字被大聲唸出來時會釋放一股電流，同時召喚所謂的未來記憶，或一種預告未來即將發生大事的模糊直覺。那瞬間的顫抖只持續一拍心跳，到下一拍心跳就被淡化。他把注意力放在正在暢談音樂靈媒的諾瓦克身上。

「你知道，從十九世紀下半葉靈媒術盛行以來，總有人聲稱自己受到已故名人造訪。這些傑出的人士在死後繼續投身創作，渴望在人世間宣揚他們離世後的作品。在法國，曾有一位名叫喬治．歐貝爾的靈媒聲稱能與作曲家溝通。維克多．雨果則自稱與偉大的古典主義作家交流，來消磨流亡期間的煩悶歲月……而在我們國家，這個即將成為媒體寵兒的福爾蒂諾娃正是代表案例。從言論自由解禁以來，她向所有願意相信的人號稱蕭邦向她口授上百首樂章。她不只傳述兩、三首曲目來隨便唬弄人。不，她宣稱有上百首。有馬祖卡舞曲、敘事曲、練習曲，沒有任何一種蕭邦曲風遺漏，不被她傳頌保存。」

「這要看她什麼時候開始創作吧。她今年幾歲了？」

「五十七歲。她父親是波蘭人。換言之，在不懂法語的前提下，她完全理解蕭邦母語的意思。Supraphon唱片公司嗅到好的商機，已經在籌備一張CD，收錄所謂的遺世作品精選集。[3] 其中一部分曲目將由她詮釋，另一部分則由一名知名鋼琴家演奏，以吸引更多樂迷關注。這件事被國外媒體熱烈報導，歐洲各地的記者都蜂擁到她家中進行採訪。」

「光是在這個月，她就已經接受《衛報》和《新聞報》採訪。對了，我帶了一份相關報導影本給你看。這件事在古典音樂界開始發酵。雖然這一波浪聲還沒真正席捲普羅大眾，但我能向你保證，音樂圈的人正因為看法分歧而激烈辯論，不同派系也開始出現。其中最重要的是懷疑論者陣營，他們不會輕易被矇混，能直指低程度改寫作品的弱點。此外，有一派人馬也很活躍，他們是由深信不疑的粉絲組成，完全臣服於這名女士。在這一派已被她收編的人之中，有人只是渴望一則童話故事，有人則篤信所謂的**口述創作**樂章確實是蕭邦了不起的真實創作。夾在兩派人士間，還有一片充滿不確定因素的搖擺地帶與一群猶豫不決的人，那些人在現實生活中會輕易被精明的騙子牽著鼻子走，這片搖擺地帶簡直像是充滿困惑的沼澤。我們回到薇拉·福爾蒂諾娃的身上吧！我就先不追問你對她的看法。」

「我想我的看法並不重要。」

「你知道她的主張是什麼嗎？」

「我應該馬上就會知道。」

「她主張自己從沒受過任何音樂教育。簡單來說，她和音樂形同陌路。這種反差自然會引發人們好奇。你可以想像她的聲明有多強烈的吸引力，讓許多人被圈粉並從中獲益，無論是江湖術士、容易輕信他人的人、各種神祕主義跟玄學理論信徒，甚至科班出身的音樂學者與重要演奏家。」

「她沒受過音樂教育……甚至在童年時期都沒接受過啟蒙教育嗎？這似乎令人難以置信，也不太合理……」

「我只是重述聽到的消息。由於坊間竄出一些文章和採訪，新聞圈似乎也被這股熱潮感染。你我都很清楚，新聞媒體是不會半途收手的。在缺乏研究精神與職業道德的情況下，所有不願意花費時間翻找石塊以尋找蜥蜴是否隱身其中的記者，只會照單全收別人提供的現成資訊。身為記者一員，我們可不應該照單全收。老天！有時我感覺現在彷彿退回中古世紀，身邊充斥祕教信徒、巫婆和煉金術師。如果這名女士是一名如假包換的蕭邦秘書，那我們應該要她提出證據。綜合來說，我們會製作一部長篇紀錄片，花時間逐一拆穿謊言，並釐清這場騙局的真相。我們要揭示假象，舉發這些贗品虛偽的面孔……你在科學範疇中是一名備受尊敬的記者，不過也許該去別的領域看看，暫時跳脫熟悉的舒適圈，對吧？你有充足的工作時間，只需要在Supraphon唱片公司發行專輯前，完成調查並製作出紀錄片就好。」

「距離現在還有整整三個月時間。大家都看過在比現在更短時限內完成的優質紀錄片。你的想法如何？我們不能再袖手旁觀。振聾發聵、引人省思，這是我們公共服務業的職志。不過注意，我們不是來扮演檢察官角色，而是要幫助眾人思考，辯證看似篤定的事物。這是一個深具里程碑意義的重大議題。當然，我們沒有要刻意**醜化**一名善良的女士，只是想提供世人洞悉事實的管道。」

「但是我不太清楚要怎麼做到像你所說，既能發人深省，又不讓人有任何懷疑的餘地？」

路德維克．斯拉尼已經坐立不安好一陣子。他神經質地時而皺眉、時而磨蹭下巴，或取下眼鏡搓揉過敏的眼皮。某件事引發他戒心，讓他感到有些反胃，彷彿自己會被牆上那幅畫作的波浪扭轉吞噬到不知道將引發什麼波瀾的對話中。

「我希望我們能圍剿福爾蒂諾娃、揭穿她的陰謀，攻入她計謀另一面，揭示隱藏的底層人心。那裡正醞釀不可告人之事。相信我，在我看來，這件事反映我們這個時代群眾迷失方向、自我膨脹並渴求話題關注的特定徵兆……也許，這起事件揭示從六年前的變化以來，我們深陷在其中的動盪。我愈思考愈意識到這段故事相當引人關注，就像壓力鍋的閥門突然被釋放一樣。在七八年前，這一切顯然不可能有發展空間。那名女人可能在新聞媒體都還不知情的情況下就被送進牢裡……你想再來一杯嗎？」

「抱歉，你說什麼？」

「你還要再跟我喝一杯嗎？」

當菲利普．諾瓦克不等對方回覆，就逕行呼喚服務生續杯啤酒時，路德維克不時揮手驅散鄰桌飄來的陣陣煙霧。他感覺自己的不適逐漸加劇，同時有一股輕微的昏沉感，彷彿鴉片、房間裡瀰漫的尼古丁以及上司這段啟人疑竇的奉承話語，都聯手拉扯著他。

1 韃靼人（Tartars）是俄羅斯聯邦民族之一，廣義而言是指居住在東歐、俄羅斯和中國，以騎馬和游牧為生的少數民族。

2 塔季揚娜．薩莫伊洛娃（Tatyana Samoilova，1934-2014），蘇聯時代電影明星。她最為人知的角色，是演出電影《雁南飛》（Летят журавли）的女主角，那讓她榮獲坎城影展金棕櫚獎。她的其他代表作包含《未寄出的信》與《安娜．卡列尼娜》等。薩莫伊洛娃擁有一雙天真無邪的眼睛和一頭黑髮，她的銀幕形象常被拿來與奧黛麗．赫本相比較。

3 Supraphon為一家唱片公司，以出版古典音樂唱片聞名，在捷克音樂產業中佔有舉足輕重的地位，同時也是東歐最大的唱片公司之一。

第三章

他們點了咖啡。小房間裡人群逐漸散去。在街道遠方盡頭處，太陽在當天頭一回露臉，但路德維克．斯拉尼臉上卻籠罩一層陰鬱。他囁嚅提出很多反對意見，解釋手邊正進行大量工作，讓他幾週內都無法抽身。而且向來奉行笛卡爾主義邏輯思維的他，可能變成帶有預設立場的採訪者，反而無法維持眾人期待的客觀性。諾瓦克不動如山的堅持態度，開始引發路德維克猜疑。諾瓦克聽著他傾巢而出的理由，冷眼看他被自己錯綜複雜的託辭困住，並耐心等待對方詞窮棄守。這場攻防戰本來就不對等，諾瓦克更顯從容地略佔上風。在這前提下，他深知如何以時間換取致勝點。當咖啡端上桌後，咖啡渣緩緩沉澱到杯底，兩位客人完全忘了眼前的咖啡。諾瓦克不正面迎擊路德維克提出的異議。

最終，他把咖啡杯端到唇邊，卻又皺起眉頭，這意味著咖啡品質不佳，或是他正在醞釀要說出口的話。例如，他會劈頭說道，「你知道我已考慮過，權衡了利弊得失」，並以這一串話作為攻勢。然而最終他只說，「經過深思熟慮，路德維克，我希望你負責這件事，我不知道還有誰可以。」

「但是……」

「先聽我說完。你可以在兩三星期後開始，先把手上工作做完再說，我們會想辦法安排，或讓你晚點再完成手頭上的案子。」

他到底為什麼如此執著？

「因為我很瞭解你，正如之前我說的，我需要的就是你。我並非單純只要你替我辦案，而是我知道，你不會只停留在人們視為真相的煙幕之前。你會一個接一個揭開謊言的面紗，堅持走到最終點。」

「那也必須有一部分面紗是能被揭開的。」路德維克歎息道。他很後悔當時接那通電話，並感受到主管一意孤行的決心背後，隱藏一些不可告人的陰謀。

「或許有時你會認為我沒有公平給予你肯定，路德維克，至少我曾聽過這些閒言閒語，別忘了編輯部一向隔牆有耳。」他繼續說，「但這並非事實，我想告訴你，我對你沒有任何敵意，完全不像你所想的那樣……你已經證明自己是一位出色的爆料者，正是我們這一行偏好的那種扒糞者。別逼我繼續誇讚你，這不是我的作風，眾所皆知我向來吝於讚美。但有時為了解開我們現在的僵局，我不得不這麼做。我再點一杯咖啡，你也跟我一起續杯咖啡嗎？」他對端著啤酒過來的女服務生輕聲說道，「兩杯土耳其咖啡。」女侍者對這兩名陷入唇槍舌戰的陰沉客人以及他們怪異的點餐行徑感到費解。

「是的，你是一名唯物主義者，出身自共產家庭，這個事實對你有利。你知道……你的心智還沒受到如今蔚為流行的宗教盲從現象污染，你可以理性思考，不會沉溺於現在被眾人浮濫引用的超心理學說。你曾參加過共產黨青年組織活動，對吧？此外，路德維克，也許那對你來說是不堪回首的記憶，但我印象中你因為對假貨、模仿和仿冒品有濃厚癖好，而讓蕭洛霍夫給你惹上麻煩，我沒記錯吧？[1] 你喜歡詭計多端的世界不是嗎？」諾瓦克上次**記錯**會是什麼時候？這正是眼前這名職場暴君身上，最讓路德維克討厭的特質。諾瓦克具有正中別人要害的狙擊能力，能攻破對手罩門，讓對方落馬與讓步。

蕭洛霍夫事件不算久遠，大約在六、七年前發生，不過諾瓦克怎麼會恰好在此時援引這件事？「這隻獵犬又踩到我的痛腳了！」當餐廳女服務生端來咖啡時，路德維克被許多回憶淹沒，女服務生簡直像天使般現身，輕輕掠過他們對話。路德維克不禁自問為什麼自己依然深受那段記憶所苦。事實上，他對那次事件應該心懷感恩。當初，他還是捷克知名的《今日青年先鋒報》（*Mladá Fronta*）新聞實習生時，曾認為那次調查會讓他萬劫不復。但一年後事件的逆轉，卻讓那段經歷成為他的護身符。一九八九年夏天，路德維克的專欄主編馬爾捷諾夫，提議他寫一篇關於藝術贗品的文章填補版面，他毫不猶豫應允了。雖然他的文章被順利錄用，但在刊登當日，他卻被召見到總編輯室。這名新晉的社論明日之星犯了什麼錯？原來，只因為他坦言自己喜歡複製品與贗品，認為它們反映在大時代中，藝術與動物為生存所需具備何等的心機和欺瞞雙重特質。這是動物自古為了生存而用來欺敵的保護色，如同比目魚的沙土色外觀，讓比目魚能靜臥在河床不被發現。或許路德維克正是從動物的偽裝術中，汲取在舊時政權下生存的法則，只是他小心翼翼不說出口。

那篇文章的問題，涉及到對蕭洛霍夫《靜靜的頓河》的評價。根據一些人說法，這名蘇聯作家沒有真正寫過《靜靜的頓河》，他只是發現了手稿，然後冒名為這本書作者，讓作品真正的撰主——一位名叫菲奧多爾．克里奧科夫（Fiodor Krioukov）的哥薩克人被永遠塵封在人們記憶中。真相到底是什麼？也許路德維克對過去目睹過「完美騙局」的成功案例情節過度著迷，他似乎毫無懸念支持克里奧科夫是真實作者的假設。充其量他只不過是重申長久以來眾人傳誦的論點，指出喬洛霍夫在年僅二十二歲時，如何能寫出如此博大精深的作品第一卷，並在接下來四年內完成剩下兩卷？一個沒受過什麼教育、不入流的傢伙，怎麼可能創造出一千個角色，而且其中有四百個人真實存在？[2]

路德維克被主管狠狠責罵。「您怎麼敢引用索忍尼辛的論點？[3]他是個叛徒，不能容忍一名正統的共產主義者搶在他之前獲得諾貝爾獎！難道您不明白索忍尼辛想對蕭洛霍夫潑髒水嗎？」

「但是，我又沒有直接引述他的名字……」

「您反而再引用那個白痴梅德韋傑夫和他的書，[4]那本書經過電腦分析後都被駁斥……我已經被外交事務處盯上了，都是因為您捅出的簍子！加上您宣稱蕭洛霍夫後來寫的所有作品都是平庸之作，更是在侮辱他。」

「我也是迫於無奈這麼做，但這都是顯而易見的事實……」

「顯而易見的事實是您不再是我們的員工。做完今天的工作就離開吧！您該慶幸我基於對您父親職涯貢獻的尊敬，沒有打算採取其他紀律處分。」

過了幾個月苦日子後，八九年底一起事件平反了一切。當初路德維克寫下那篇被批評的文章反而使他翻轉成近乎英雄的人物，讓他在公共電視臺重新找到工作。他從被痛罵到成為頭頂光環的烈士。對許多人來說，在共產政權時代有過這種污點，反倒像獲取新紀元的門票，讓他們在改朝換代後能站穩腳跟。

「所以，」菲利普．諾瓦克接續說，「我認為對你來說，之前那場假冒者事件沒有全部成為過去式。別擔心，你不需要顧忌他們，時代已經不同了……」

沒錯，在當前這個能自由表達意見，不用擔心落得慘痛下場的時代，他到底有什麼好害怕的？

那麼，他那種莫名的預感究竟從何而來？他應該感到欣喜才對，因為就像諾瓦克所說，這個主題彷彿替他量身打造，又相當吸引他。

我們都夢想向全世界展現自身的雙重理想，無論是為了給自己驚喜，或為了讓重要的心靈伴侶對我們刮目相看。如果米哈伊爾．蕭洛霍夫確實曾冒用一名叫菲奧多爾．克里奧科夫的哥薩克人作品，路德維克認為那是因為他渴望成為與自己心目中理想範本同等的人。只要有機會接受教育並擁有才華，蕭洛霍夫會衷心期許自己也成為一名被模仿的人。

或者，他只是想不費吹灰之力就獲得光環？這是一種投射效應……是否我們期望成為的對象，往往是自己最大的敵人？這種願望是殺手，在餘生中持續追殺我們，雖然從未真正開槍卻像慢火煨煮，那是終其一生的慢性狙擊。

究竟什麼樣的匱乏、癡迷或心靈劫難，讓眾人相信薇拉・福爾蒂諾娃在她的客廳接待蕭邦，扮演蕭邦此生與來世間的傳聲媒介？路德維克心想，若非有一片暴雨雲層籠罩在他頭頂，這個調查本來會像在公園中漫步般易如反掌。許多音樂學者和知名的鋼琴家都認為福爾蒂諾娃的仿作奇特新穎，甚至令人迷惑。如果他們能在這些樂譜中挖掘出一些……一些在蕭邦作品中前所未見的風格呢？諾瓦克已攤牌表明這場競爭不會輕鬆，眼前的暴雨雲層極有可能降下詛咒的冰雹。路德維克預感事有蹊蹺，但諾瓦克仍執意指派他執行這項苦差事。

諾瓦克隨即表示，這是個能讓人發揮的議題，路德維克必定會找到與「蕭邦諾娃」的瘋狂粉絲分庭抗禮的論點，[5] 他信任他。

信任？誰知道這個福爾蒂諾娃是否已經縝密策劃一切，以及她的案子是否禁得起鉅細彌遺的調查？誰知道這起案件是否有同夥，她只是個無辜的幌子，被用來掩護一位用蕭邦風格進行創作的天才剽竊者？

路德維克心中閃過關於**贈送毒蘋果**的聯想。一想到要拍出這部看不出可行性的紀錄片……雖然他常自嘲生性容易焦慮，也竭盡所能克制性格發作，但此刻他還是被極度頑強的憂慮感逐漸吞噬。諾瓦克等人是不是故意挖洞給他跳？幾個月來，他一直擔心諾瓦克會發現姿德恩卡和他的祕密戀情，然後以某種方式報復他。這部紀錄片是否有可能就是他報復的手段，就像看似無害卻可能釀禍的香蕉皮一樣危險？諾瓦克以這種行徑聞名。他慣用同種招數，將不可能的任務發派給想對付的人。幾星期來，路德維克一直懷疑對面這名男子正嘗試加速讓自己垮臺。對方是否已找到理想的報復方式？

路德維克思索，在他身上發生什麼具體的事，讓他近來心生這樣的想法，而不是早在四五個月，甚至六個月前？路德維克也說不上來。但諾瓦克怎麼可能原諒那名甩掉自己的女人和路德維克成為情人？他們的故事曾那麼轟轟烈烈！某天姿德恩卡也坦承：有時我會想起他，路德維克，你應該能理解，畢竟我與他在一起三年，那並非無足輕重的小事。

儘管姿德恩卡曾指天為誓，表示新聞編輯部沒人知道她和路德維克的事，但正因為他太瞭解這個女人，讓他有許多理由懷疑她早就與人分享。噢，對了，她當然是在對方承諾會守口如瓶的前提下才和盤托出。而接收這些小道消息的傳聲筒也完美發揮曲解渲染的功用，將祕密消息一路傳到編輯主任辦公室。

事實上，姿德恩卡已經離開捷克第一廣播電視公司。為了不再在編輯會議上面對前男友、上司跟新情人，她跟路德維克相戀後幾個月就辭職。從那時起，諾瓦克應該有時間讓心情平復，也可能已逐漸忘懷……然而，真是如此嗎？「報復」是日後才會端上桌給人品嘗的冷盤，諾瓦克是否選擇先按兵不動，要在路德維克不再提心吊膽時給予逆襲？現在的路德維克，是否會因為成為姿德恩卡的繼任情人，而付出慘痛代價？諾瓦克堅持將如此敏感的專題交給他，讓他心生警覺。本來他想主動告訴諾瓦克，姿德恩卡也準備要離開他，路德維克本人了！他們倆是被同一名鐵石心腸的女人遺棄的難兄難弟，應該互相取暖……本來，他想主動告訴諾瓦克，姿德恩卡這個女人有著浪跡天涯的靈魂，她從未真正滿足眼前用來止渴的源泉，心靈總是不斷出走，追逐下一個綠洲。

前來殷切詢問需求的服務生臉上堆笑，讓路德維克想起姿德恩卡在他心中的招牌微笑，以及她對他展現燦爛笑顏的那段時光，他的情緒因而變得沉悶沮喪。

當他們感情走到盡頭時，她還留下些什麼？他多想竊取她的微笑，永遠停格在那幅畫面。他甚至願意付出高昂代價，確認那如鮮花般的笑顏是否專屬於自己，或者其實是綻放給歷任每一位戀人？他寧可堅信姿德恩卡的微笑已成絕響，無法與後來者共享。當諾瓦克還與她在床上繾綣、共赴夢鄉的歲月中，他可曾擁有那至高無上的笑容？

自從他們的分手漸成定局，姿德恩卡的臉就變得淡漠且無動於衷，可堪比日本能劇中的年輕女面首「小面」。[6]

是的，路德維克內心忽然升起想直球對決的念頭，他差點衝口而出，跟諾瓦克說姿德恩卡正準備離他而去。但轉念之間，他又有些顧慮而卻步。萬一諾瓦克自始至終都對他們的祕密戀情一無所知，那他會因為失言鑄下大錯，讓諾瓦克憑添一個憎惡自己的理由，並勾起對這名冰山美人女性的不堪回憶……

這一瞬間，路德維克突然感覺情勢逆轉，那是他從未經歷的心境轉折。他腦中再次浮現姿德恩卡主宰一切的笑容，並感覺自己逐漸棄械投降。即使**直覺**一直試圖攔阻，他還是接下這部讓人充滿顧忌的紀錄片，但也說不上屈就的真正理由。假如他夠長壽，在他與姿德恩卡・尤絲蒂諾娃分手多年，並在與諾瓦克會面（一九九五年）過後許多年，他會回想起這頓午餐，和這名坐在他面前、有如蟄伏待獵的野獸般淡然啜飲咖啡的男人。即使路德維克發表一番平庸卻可能後座力十足的話語，說道，「沒問題，菲力普，我會接下此案。給我幾天時間準備就開工！羅曼・斯塔涅克可能跟我搭檔嗎？我不想搞得像在跟你談條件，但我真心想讓他當這部影片的攝影師。」這名男人依然一派氣定神閒，眼睛眨都不眨……。

1 米哈伊爾．蕭洛霍夫（Mikhaïl Cholokhov，1905-1984），蘇聯時代小說家，一九六五年獲得諾貝爾文學獎。其代表作《靜靜的頓河》（Тихий Дон）描述一九一二年到一九二二年間，俄羅斯經歷的兩次革命與兩場重大戰爭，被譽為「描寫一段歷史時期的俄羅斯人民生活時，表現出真實和藝術的力量。」

2 根據文獻所述，一九二四年，蕭洛霍夫開始構思《靜靜的頓河》這部小說，一九二八年執筆，一九三〇年完成前三部，並於一九四〇年完成全書，前後共歷時十二年。

3 亞歷山大．索忍尼辛（Aleksandr Solzhenitsyn，1918-2008），俄羅斯哲學家、歷史學家、短篇小說作家，由於對蘇聯持不同政見而成為政治犯。索忍尼辛在世時大力抨擊蘇聯與共產主義，定居美國後也毫不留情批評自由主義價值觀。他是諾貝爾文學獎得主，也是俄羅斯科學院院士，在文學、歷史學、語言學等多項領域皆有重大成就。

4 梅德韋傑夫（Zhores Medvedev，1925-2018），蘇聯農學家、生物學家與歷史學家，因為對蘇聯政權發表異議而流亡海外。

5 這裡菲耶創造Chopinova一詞，是將Chopin（蕭邦）與Foltýnová（福爾蒂諾娃）的姓名拼貼，傳達「女版蕭邦」的諷刺之意。

6 「小面」（讀音為koomote）是在日本能劇使用面具「能面」中，最年輕的女性面孔。「小面」中的「小」包含年輕、可愛、美麗之意。

第四章

路德維克・斯拉尼對於跟薇拉・福爾蒂諾娃初次相遇的細節記憶猶新。那是一個上午，他與之前合作無間的攝影師兼助手羅曼・斯塔涅克一起到她家拜訪。他極為推崇羅曼・斯塔涅克在拍攝多部影片中展現的才華，兩人因為惺惺相惜而更有默契。路德維克也知道這名攝影師熱愛浪漫時期的音樂，那是他自己從未涉獵的領域。羅曼・斯塔涅克還有另一項證明自身無可取代的天賦，他能直指問題核心，簡化每個看似複雜的情況。這名同事的生活有如山泉一般透徹清晰，不帶一絲繁複。他到底是怎麼做到的？

他們搭乘二十二號電車，在靠近福爾蒂諾娃住的倫敦斯卡街五十七號附近的尤果斯拉夫斯卡街站下車。倫敦斯卡街是一條與電車站垂直交錯、人煙較稀少的純住宅街區，有一家盧尼克旅館與一些住宅跟辦公大樓比鄰，老舊跟略顯新式的建築錯落其中。路德維克站在五十七號樓下，抬頭仰望在熹微晨光中閃耀的三樓。

就在這扇斑駁老朽的建築物窗戶後面……他期待看到一名女性的身影在陽臺上靜候他們到訪。

路德維克瞄一眼手錶，向羅曼示意他們沒有比約定時間提早抵達，可以從左側大門直接進去。路德維克順道瞥了一眼排列有序的信箱，直到看見「福爾蒂諾娃」的姓名時，才意識到眼前一切的真實性。那名聲稱曾接待過半世紀前一名作古男子的婦女，就居住在他頭頂十多公尺處。「畢竟她是個寡婦，可以和任何有興趣的對象重新展開人生。」當他們一起拾階而上時，路德維克調侃。

他們來到三樓按了門鈴後，老舊地板嘎吱作響，隨之門後傳來腳步聲。攝影師輕聲說，「蕭邦躲在床底下。」鎖孔轉動，一名看起來確實符合五十七歲年齡的女人前來應門。「是福爾蒂諾娃夫人嗎？」路德維克問道，彷彿眼前出現的不一定是福爾蒂諾娃本人。

「我正在等您們，請進。」路德維克是否在那一刻，或者在那特別的清晨後才真正意識到自己從事的是什麼樣的行業？

「我在等您們，請進……」

她帶著謙卑的微笑說出歡迎的話，彷彿渾然不覺自己是小有名氣的明星。路德維克深陷在一張椅子中，全身被對街盧尼克旅館窗戶反射的陽光淹沒，窗戶散發出有如瞳孔般的黑曜石折射光線，讓他有些目眩。婦人身穿略顯古怪的碎花連衣裙，看起來像個英國女人。沒錯，她就像一名英國藍領階級女人，謙遜卻不卑不亢，聲音清脆、言行舉止得體，且與人維持適度距離。她給人一種與生俱來的脫俗感，但不顯浮誇做作。映入眼簾的公寓陳設和女屋主風格相符，牆上貼著碎花壁紙，電視機上擺放黑白家庭照片與年代不可考的手工編織桌巾。門的上方懸掛帶有黃楊樹枝的小十字架，擺放餐具的廚櫃則充滿廉價塑膠感的宗教擺設，讓路德維克看了忍不住笑出聲來。接著，他的目光驀然停在一張黑面聖母像的照片上。「我父親帶我去過幾次琴斯托霍瓦，[1] 這張相片也是他送給我的。我娘家姓科瓦爾斯基，父親是波蘭人，母親是捷克人。我們在一九四五年搬到這間公寓，之前住在奧斯特拉瓦，[2] 靠近我父親的波蘭故鄉格利維采。[3] 六〇年代中期，我父母在幾個月間相繼離世，父親因心臟病發，母親後來則因悲傷過度而過世。我就在這裡繼續住下來。」

「結婚以後，孩子們都在這個小窩長大。如今對獨居的我來說，這間公寓實在太過寬敞，但我也不知如何離開它了。」

路德維克聽了會心一笑心想，難不成是她為了塞滿這棟房子才召喚來死者？

也許是她用平板單調的語氣叨叨絮絮，像課堂上千篇一律的枯燥課文，路德維克四處張望壁紙上的碎花，目光再回到薇拉・福爾蒂諾娃洋裝上的碎花。他感覺眼前這些場景，與當初聽諾瓦克描述時他腦中浮現的女子形象大相逕庭。彷彿只要在這名婦人的居家環境與她偶遇，她就會徹頭徹尾變成另一個人。她是善於偽裝的變色龍、充滿心機的權謀家，或追逐名利成癮的人？她是否喜怒不形於色，卻能將人們玩弄於股掌間？路德維克看著這位既不漂亮也不到醜陋、不善於傾吐心聲的女人，總感覺有什麼不太對勁……最令人驚訝的或許是她毫不起眼的外貌。福爾蒂諾娃坐在一張小圓桌旁從容自在與他們交談，桌上擺了兩本扉頁半開的言情雜誌。她的外表完全不符合值得被採訪的期望值。確切來說，從外觀來看，她不具有任何職業所賦予的刻板樣貌，甚至與她自稱的家庭主婦形象都存有落差。她的氣質是否有點太脫俗了？這名記者開始困惑，他暗自打量攝影師的表情，希望尋求對方認同。但羅曼似乎心不在焉，跟他完全對不上頻率。

客廳裡瀰漫一陣陣花香，然而唯一可見的花瓶卻是空的。也許氣味是來自剛凋零不久被丟棄的花束（就在他們抵達之前？）花朵餘香仍繚繞在空氣中。路德維克心中暗忖，「這應該是紫丁香花的氣味。」接著卻深感不解，想起，「現在不是紫丁香的花季呀！」

公寓牆壁沒有完全被碎花壁紙密實蓋住。一些錯落有致的小窗孔穿透牆上壁紙的花草圖騰，有的窗孔是長方形，有的則是像舷窗一樣的橢圓形。透過這些小畫框窗孔，能看到以炭筆繪製的人像。畫中的人物是誰並不重要，令人著迷的是畫風。有的畫作是炭筆素描，有的是中國水墨畫，它們來自技巧純熟的筆觸，讓人不禁聯想到阿爾弗雷德·庫賓的插畫。[4]路德維克深感奇特的一點，是那些肖像畫中的面孔具有某種凝滯、礦化或超越時空的特質，彷彿這些生靈在被繪製前，最後的表情已經被石化凝固。

「您家中有藝術家嗎？」

她顯得有些羞赧。

「藝術家？沒有呢！我偶爾會畫畫，那只是用來消磨時間的嗜好。從小我就喜歡畫畫，這些都是我經年累月，替我可憐的丈夫以及後來的孩子繪製的人像畫。我丈夫愛拍照，我喜歡描繪他們的神韻和表情。我也喜歡用中國水墨繪製風景。沒有別的事比這讓我更放鬆自在，畫畫時我感覺自己神遊在遠方。」

事實上，牆上懸掛的作品不只有人像畫。相較於略顯僵硬呆板的人像，其他風景畫則充滿律動感與活力。它們被一種神祕的悲劇氛圍滋養，看起來就像某位邪教信徒的作品，或費利西安・霍普斯與愛德華・孟克等人的創作。[56]這些畫作散發神祕而邪惡的光芒，牢牢攫取觀賞者的目光，彷彿與肖像畫出自完全不同的畫家之筆。

「小時候我常畫畫，現在偶爾也會，但頻率較少了。繪畫是唯一價格親民的藝術形態，不是嗎？我的父母並不富裕，成年以後，迫於現實我也一直縮衣節食度日。我的丈夫收入微薄，有一段時期我們真的過著捉襟見肘的日子，好一陣子我都在辦公室做打掃清潔工。一九七〇年，我在女兒亞娜出生後就不再工作。隔年，我又生下兒子亞羅米爾，之後便在家裡撫養他們長大……我丈夫被捕入獄後，我不得不重新開始找工作。您可以想像那是什麼景況……雖然他沒在監獄待太久，但這段期間我還是得維持家中生計。我的丈夫喬出獄後和入獄前判若兩人。原本他的健康狀況就不理想，加上在獄中飢寒交迫與感染肺炎，他的狀況更加惡化。當然，他也無法重返原本工作崗位，必須在其他地方另謀出路。出獄後，他耗費好幾個月時間才找到一份兼職的文書工作。而我則得到一份在學校食堂的工作。」

她面帶微笑說道。

「現在您們對眼前這位與蕭邦交流的對象稍微瞭解了吧？是不是很怪異呢……？」她神情恍惚說著。

「如同我剛才所說，我丈夫出獄後身體就十分孱弱……他曾希望我們能舉家移民。他的夢想是到西德或英國生活。他在生命中最後幾個月已經無法工作，大部分時間都臥病在床。您們有注意到公寓裡不時會有小小共震嗎？那是大樓底下的火車。當火車離開中央車站，會經過這條與我們街道交叉的長隧道，那是往西行駛的火車。大部分時間喬都躺在床上，他有許多時間靜靜感受這些震動。某個晚上，他在病況稍微舒緩時對我說，『你聽這次的聲響，應是切布方向的火車，[7]要開往德國。有一天等我康復了，我們要規劃搭上那班車，好嗎？』他懇求道，我答應了他。我們說好要採取行動，計畫離開這裡。之後到西方可以做些什麼呢？我也迫切想知道。我多希望喬能與我共同見證一九八九年一連串的歷史事件。[8]這有點像屬於他的最終勝利，他卻沒能等到品嚐勝利果實的時刻……。」

她靜默半晌。

「丈夫去世後，我必須加班維持生計。那是一段悲慘且艱困的時期，即使孩子們已經能獨立自主待在家中，儘管他們極力配合協助，我的生活步調還是大亂。鎮日我都筋疲力盡，為了隔天的生計憂心忡忡，但該來的橫禍還是躲不過，我遭遇了一場無端的意外！某日我在學校餐廳擦桌子時踩到地上的橘子皮，失去平衡跌倒又撞上桌角，斷了好幾根肋骨……那是很長一段時間我被迫躺在家中的原因。起初幾天只要稍稍一動，我就會感受到錐心的痛楚。過了好一陣子，我才終於能站起來在公寓走動。」

又是一陣靜默。

「某種程度上，我們也可以說一切的幸運都是由那個橘子皮開始。」

福爾蒂諾娃突然中斷講到一半的話，她的目光放空，彷彿穿越回到那起事故當下。路德維克很想知道過去她是否曾是個美麗的女人。未來在拍攝期間，他想建議她提供家人過去的相簿讓他們看。他也很想替她做一次放射線攝影，仔細研究她大腦的光譜波長，其中會有些藍色區塊跟一些透明區塊，他想觀察她頭顱的掃描照片，直到她的大腦「吐實」，讓他挖掘出這個女人無稽又具有創意想法的真正源頭，那個孕育巨大騙局與荒謬奇想的地下工廠。沒受過什麼教育的清潔婦薇拉，竟然在這個琴鍵泛黃的低階鋼琴上寫出蕭邦的作品！

路德維克聆聽她的說詞至此，有個疑問始終徘徊在唇邊蓄勢待發，是關於那台靜靜矗立在客廳北側，靠牆的黑色直立鋼琴。沒錯，他對那個樂器深感好奇，趁著對話稍有空隙，他不著痕跡插入問題，並未讓對方感到突兀：

「我以為您對音樂沒什麼興趣，似乎也不是很懂音樂，至少您在之前訪談中是這麼說的，對吧？那您是什麼時候買下這架鋼琴的？」

「大概有二十年了。我們是在婆婆過世時繼承的，那是在一九七二年間。喬堅持要留下鋼琴，他覺得孩子們或許將來會用到。」

「您的婆婆會彈鋼琴嗎？」

「彈得相當不錯。」

「那您呢？」

「我按照自己的步調慢慢重新開始，但沒有恢復上課。當時孩子都還小，我沒辦法保留時間給自己。本來我想幫他們報名一些課程，但又沒有經濟能力。」

「重新開始？意思是您以往彈過鋼琴？」

「我在九歲、十歲左右時曾上過幾堂課。我的父母遲疑很久，才決定送我去學琴，他們認為那是屬於孩子教育的一部分，而我也喜歡上鋼琴課。每週我都會到一名嘗試改善生計的退休老太太那裡上家教。那個老太太是名寡婦。在一九四八年的事件後，[9]我的父母決定讓我暫停課程。由於那位老太太是一名舊體制分子，不宜再和她有瓜葛。加上家裡經濟變得更拮据。因此我的音樂啟蒙教育長度，只有十八到二十個月。」

「我想釐清這點，因為您在多次採訪中，都說過您對音樂**一無所知**，甚至沒接受過任何啟蒙教育。」

路德維克特別強調**一無所知**，但這並不足以讓福爾蒂諾娃因為說詞前後不一而顯得侷促不安。

「該怎麼說呢？五十年前，我只上了一年半的鋼琴課，每週又僅止於一次家教。我頂多只學到一些皮毛，之後很快就忘光了。當這架鋼琴被送來家中時，我試圖拼湊之前學過的技能，但您知道當我再次輕觸琴鍵時，我的手指有多僵硬麻木！每當練琴時孩子總是讓我分心，他們要不是爭吵不休，就是在家裡大聲唱歌，這些都不是什麼能端上檯面分享的瑣事。充其量我只能複習與重新視譜，要說我能演奏或能恢復任何水準，那未免言過其實。」

當她陳述一連串說詞時，她機靈的瞳孔相當不尋常地閃爍一下，路德維克的視線從鋼琴轉移，同時瞥見碎花壁紙襯托著枯木橄欖樹枝的十字架。於是他改變對話方向，「請原諒我探人隱私，請問您是教徒嗎？」

聽到這個出乎意料的問題，女子眼神再次閃躲起來，她瞪大的瞳孔隱匿在眼窩深處。

「我在家鄉奧斯特拉瓦的一處修女院接受過一些宗教教育。當然，我後來沒有繼續在那上學。但如同我父母一樣，我仍堅持天主教信仰。要問我是否依然是信徒，算是吧！您並沒有探人隱私，我其實從未隱瞞。年幼時，每天早上我都要走一段長路去修女那裡。我常常懷念童年時期的奧斯特拉瓦以及步行上學的清晨。事實上我也不時考慮返回家鄉落腳，這個選項常在心中搖擺。但我還能重新找回往昔一模一樣的城市嗎？我父親當年在那生活得很自在，是因為他在那裡有一展身手的空間，那就是煤炭跟鋼鐵。他是一名礦業工程師。每當我們爬上廢棄的煤渣堆，還能隱約看見他的祖國波蘭，那裡曾有他自己的廢渣堆積場。您聽過奧斯特拉瓦嗎？」

「嗯……。」

「那是一座奇特的城市，它有許多荒謬怪誕的地方，讓人彷彿生活在另一個平行時空。您一定聽過在當地公園與街道上空運送煤渣的空中纜車。過往，那些纜車曾經川流不息運行，但如今是否還存在我就不太清楚了。常常焦炭就這樣從天而降，落在積雪的人行道上。隨著冬天腳步逼近，積雪就愈變愈黑……那座城市座落在幾處礦坑正上方，許多建築的地基因此逐漸流失下陷。孩提時代，我在上學途中會經過一座非常小的教堂，隨著歲月沖刷，那間教堂已往下陷落於街側邊坡。另外，有一座原本位於小丘上的城堡，現在已經塌陷到地平線下。但對於我們這些小孩來說，最奇怪的地方莫過於學校運動場，那裡有可能是世界上唯一的傾斜運動場。噢，其實只是微微傾斜，肉眼是難以察覺的。運動場的跑道看似平坦，但抽籤抽到這個場地的隊伍還是會發現坡度有一點傾斜。在夏天學期結束那天，我們女生被准許去觀看男同學比賽。當我們看到那些小伙子氣喘吁吁在乍看是平地的跑道上費勁奔跑時，都會忍不住放聲大笑。」

路德維克和羅曼沒有錄影。第一次接觸，他們沒有留存任何影像紀錄，只是傾聽而已。他們與薇拉・福爾蒂諾娃談定未來的會面模式和採訪主題，還有可能派上用場的資料，例如家族檔案。他們共同擬定一個拍攝行程表。本來這次行程該就此結束，但羅曼突然想感受一下鋼琴音色。他提出要求時帶著一抹侷促不安的微笑，似乎不期待得到正面回應，並詢問這名寡婦是否介意當場彈奏點什麼……例如蕭邦傳給您的樂章，或最近剛聽到的樂曲片段？

她猶豫片刻，喃喃說自己還沒完全掌握精髓，會彈奏的只是上個月接收到的內容，接著居然答應了。她掀開琴蓋坐在鋼琴前，轉頭用幾乎像在致歉的羞怯口吻對他們宣布，「我就獻上一首馬祖卡舞曲吧！」[10] 當樂音響起時，路德維克忍不住打了個哆嗦。她彈奏的旋律是多麼不同凡響，就像相機膠卷浸泡在顯影劑的瞬間，已逝的摯愛面容逐漸成形。那些本應來自墳墓的音符穿透靜寂，吹皺陽世間一池春水。這名資深記者發覺自身難以擺脫「這段樂章絕對無法在現場即席創作」的想法，忍不住為自己的直觀判斷感到生氣。他感覺自己分裂成對立的兩面，任何一方都覺得另一方荒唐可笑……「這旋律實在太美了，完全就是蕭邦的風格」，羅曼低聲認可。當最後一顆音符落在琴鍵上時，在場的人都噤聲不語。最終，攝影師勉強說出一些簡單的話打破僵局，「謝謝您。我們先告辭了。那麼就下週見了。另外，感謝您願意參與這部紀錄片，其實您不是非接受不可，原本我們一直擔心您會……」

「在答覆您們前，我一直猶豫不決。因為不知道該怎麼處理這件事，我苦候蕭邦現身，好徵詢他的意見。」

「原來如此。」

「他認為這正是我該做的，並說服我接受邀約。他真心祈願自己的新作能引發廣泛回響。」

他們步出公寓後，羅曼．斯塔涅克倒退著穿越倫敦斯卡街。身為攝影師，他的眼睛需要隨時尋找取景角度，評估拍攝時的環境採光。他可能已經觀察出陽光灑落在這條街道的移動軌跡。路德維克背對著盧尼克旅館，與羅曼並肩佇足在街角。兩人皆靜默不語，目光不約而同投向對面三樓，彷彿期待能從那裡窺見弗德雷里克．蕭邦的形影。然而，映入眼簾的是那名女子的身影，她掠過窗前往街上瞥了一眼。路德維克暗忖，如果他沒有一直懷疑這部紀錄片是諾瓦克對他設下的陷阱，那第一次的會面其實挺有意思的，也讓他鬆了一口氣。或許諾瓦克他們並沒有對他心存惡意，這應該不是圈套。能夠肯定的是困難會慢慢浮現，但確切的問題點會在哪裡？他想反問攝影師這個問題，但話到嘴邊又硬生生吞回，因為他害怕聽到羅曼回答，「可憐的路德維克，別再庸人自擾了，一切都會順利的。」羅曼和他自己突然驟逝的父親年齡相仿，約莫都是三十歲。路德維克打量羅曼的側臉，此時他正皺著眉頭，陷入不知道該用什麼角度或濾鏡的思考中。

當路德維克的眼光重新投射到三樓時，窗前的人影已杳然無蹤。但另一個問題隨即湧上他心頭，那是他先前未曾想過的。當心臟停止跳動的瞬間，人類意識或思維是否會隨之斷裂？還是可能有一段以秒或分鐘為計算單位的緩衝時間，這段時間會發生什麼事？路德維克對父親已毫無記憶，父親在他出生幾個月後就去世了。當家人準備安葬父親時，他是否還對小路德維克有所牽掛？

「羅曼，我們得找個方法將她一軍，」他低聲說道。「讓她停止胡謅，杜撰出那些亡靈。」

「將她一軍？你想揭穿她什麼？」

「對了，你對她的畫作有什麼看法？」

「這方面我涉獵不深，只覺得她還挺有天賦的。那些風景畫相當奇特……。」

「那她的人物肖像呢？」

「和她放在壁爐上的孩子與丈夫照片十分神似。」

「我在想一件事。」

「什麼事？」

「沒什麼。只是腦中閃過一個念頭。我再考慮一下，現在不急。」

---

1 琴斯托霍瓦（Częstochowa）位於波蘭國境南部西里西亞地區，是一座知名的觀光城市，同時也是波蘭的天主教中心之一，當地以朝聖地「光明山修道院」以及院內的「黑面聖母像」（Obraz Matki Boskiej Częstochowskiej）聞名。

2 奧斯特拉瓦（Ostrava）為捷克東北部一座城市。

3 格利維采（Gliwice）為波蘭南部的城市。

4 阿爾弗雷德・庫賓（Alfred Kubin，1877-1959），奧地利版畫家、插畫家。庫賓許多作品主題圍繞著死亡、鬼怪或肢解等元素，讓觀賞者產生極強烈的窒息壓迫感，他是象徵主義與表現主義代表藝術家。

5 愛德華・孟克（Edvard Munch，1863-1944），挪威表現主義畫家先驅與版畫複製匠。孟克享有國際聲譽，其最知名代表作《吶喊》（Skrik，或譯為《尖叫》）為當代藝術最具指標性畫作之一。孟克的繪畫帶有強烈主觀性與悲傷壓抑情感。畢卡索、馬諦斯皆汲取其藝術概念，德國與法國諸多藝術家亦從他作品中獲得啟發。孟克對苦悶、強烈、呼喚式心理的處理手法，也對二十世紀初德國表現主義產生重要影響。

6 費利西安・霍普斯（Félicien Rops，1833-1898），比利時象徵主義藝術家，以版畫、油畫與插圖作品聞名。霍普斯的作品常描繪情色與撒旦崇拜主題，他是比利時漫畫重要先驅，也是頹廢主義運動要角。

7 切布（Cheb）為捷克西部的城市，靠近德國邊境。

8 文中所指的歷史事件，是指一九八九年秋天發生在中歐和東歐國家的「東歐非共化」民主浪潮，包括匈牙利共產黨自行解散、捷克斯洛伐克於天鵝絨革命後分裂為捷克共和國與斯洛伐克，以及東德民眾拆毀一九六一年建造的柏林圍牆等。這些事件導致全歐洲與國際地緣政治的重大變革。

9 文中內容係指一九四八年二月下旬，捷克共產黨在蘇聯支持下，透過政變順利控制捷克政府。這起事件標誌共產黨在捷克斯洛伐克為期四十年統治的開始。

10 馬祖卡（Mazurka）是一種來自波蘭中部的三拍子舞曲，大約在十七世紀開始出現，但各地區的舞曲又有當地地域特色，馬祖卡有三種可供歌唱或舞蹈用的舞曲，包含馬祖爾（Mazur）、歐貝列克（Oberek）和庫加維亞克（Kujawiak）。創作者會將這三種源頭的舞曲素材交織起來，譜出無窮變化的馬祖卡舞曲。

第五章

在接下來一週，他們重返薇拉・福爾蒂諾娃家進行訪談和拍攝工作。直到最後一刻，路德維克・斯拉尼都還擔心會接到電話，被告知她身體不適，或要緊急出發前往遙遠的外地參加葬禮，因此必須推遲這次工作行程……諸如此類的說詞。他擔心福爾蒂諾娃逐漸產生警戒心，也確信她已經發現記者存有諸多疑慮甚至提防，恐怕打算就此罷手退出採訪。他更憂慮她已察覺自己存心揭穿一切的意圖，確切來說，就是將這部籌備中的紀錄片導向負面調查，而非出於為她宣傳的善意。幸好他擔憂的許多事並未發生。在他關上家門動身赴約時，她仍然沒打來任何推拖的電話。他鬆了一口氣，跳上一輛電車。羅曼會在事先約定時間，在倫敦斯卡街與他會合。

就這樣，路德維克心不甘情不願再次造訪這位寡婦的老舊公寓。那裡有裱框的畫作、琴鍵泛黃的鋼琴、花紋壁紙、總是不知道從哪裡飄出來的丁香花氣味，以及半掩窗簾營造出的幽闇光源。那裡的一切都如同某個金字塔內的密室，時間在此完全停格。

在正式進入規律性訪談前，路德維克先向薇拉．福爾蒂諾娃提出一個偏向私人的請求。他看起來有些難以啟齒。「是這樣的……」他說道。

他想私下請教她，是否能與自己任何一名已逝的至親進行交流。他託辭自己從未收到來自冥界親人的隻字片語，並想藉由提出這要求取信於她，讓她確信自己的所有說詞已被全盤接受。

「我不像您假設的那樣會主動尋覓交流對象，都是**他們**找上我……您知道，像蕭邦或其他人的情況都是……我沒有任何特異功能，只是能捕捉到他們的聲音與影象。但我經常觀察到，如果是他們展現意願或主動找上門，那確實更有助於溝通順暢。這些往生者們現身，很少源自我單方面的因素。」

這會兒她開始打算找到解套，可能已經察覺自己快被逼進死胡同。路德維克如此認定。她一邊走進廚房準備咖啡，一邊喃喃自語，「如果之後有素昧平生的人找上我，我會告知您的。」

「有勞您了，」他從客廳回答（她在通往後院的廚房裡忙著準備咖啡），「這對我至關重要。」

忽然，在一片死寂的廚房中，他們聽到杯子掉落的聲音，由於擔心出什麼差錯，他們立刻跳起來。

「沒事，常常會這樣的……沒事。」

她彎腰撿起碎片，擦拭地面，臉色蒼白如紙，一再強調那只是稀鬆平常的情況，但她的慘白面容沒逃過他們的目光。

「沒事，」在他們還來不及提問之前，她就安慰他們。「通常這種狀況發生在客廳，當我休息或彈琴時，但這次真的來得太突然，我完全沒有心理準備。」

「您突然感到暈眩嗎？」

「不是的。」

「那是怎麼了？」

「您剛剛問我是否能感應到您已逝的家人。就在片刻後，我看到一名約莫九到十歲的男孩，他說他的名字叫克萊門特。我很難聽清楚他說些什麼，他沒有停留太久。有時當我太疲憊時，就會難以理解對方在說什麼，也無法讓對話持續。剛才也是如此，但我知道那人曾經是您的家庭成員。您確實認識一名叫克萊門特的人，對吧？」

他遲疑半晌，頷首表示同意，語帶平靜回答，「是的，確實有的。」薇拉描述那名出現的小男孩的樣貌。看起來像是古早以前的孩子。他的穿著打扮、髮型是……棕色的頭髮向前梳齊，額頭上留有一撇齊眉瀏海，濃眉下的雙眸清澈、目光炯炯有神、他的面容端正，並且有纖細的鼻子，臉旁兩側有不太好看的招風耳。「正如剛才所說，我只是在一瞬間瞥見，他也只來得及說自己的名字叫克萊門特，曾是您的家族成員。您腦海浮現的克萊門特是他對吧？（路德維克再次點頭表示同意。）至於他的服裝，有一種……上世紀初、二〇年代的感覺。他穿著一件白色襯衫和一套素樸的深色三件式西服。」

「您從來都沒有召喚過孩子嗎？我是指，在您的**訪客**中？」

「非常罕見。」

他沒有拆穿真相，但實際上，他對這位所謂的克萊門特、夏娃或亞當等等既不認識，也毫無印象。感謝薇拉參與這場遊戲，對他設下的陷阱作出回應，那印證這名女人的瘋狂程度。更精準來說，應該說她是「看似理智且條理分明的瘋子」。他修正了對她的定義。

接著，他們請她坐在鋼琴邊擱置的一張扶手椅，羅曼打開兩盞橘色聚光燈，她似乎因為熱度和強光照射而感到不適，但她表示無妨，不需要擔心，並請他們也找個舒服的位置坐下。路德維克要求她專注回想一段具體記憶，並詳細描述她留存在腦海的細節，像是她第一次對蕭邦產生一種非比尋常的感應瞬間。他差點說出「您**覺得**自己感應上」，但話到嘴邊就停住了，以免她感受到被質疑。

「非比尋常？您知道，對我來說，與亡者的聯繫從我孩提開始，從來都不算什麼非比尋常的經歷……在我眼中顯得奇特異常的，反倒是別人竟然看不到我眼中所見的一切。我無法理解他們的能力僅止於此！」

那是她九歲時，某一個星期天早上。就在前些日子，父母開始禁止她參加彌撒，以往他們一直是允許的。那天時間還很早。當她睜開眼睛，在黎明乍現的一抹魚肚白光中，她驀然發現自己不是獨自在房間。一位面色凝重的男人佇立在她床頭。這個人到底是誰？

她並未感到一絲恐懼。那名神情抑鬱的男人其實讓她有不錯的印象，很難確切說為什麼。或許是因為他在開口交談前，還貼心靜候她從睡夢中完全清醒。她對這人的面孔全然陌生，從他身上的衣著推敲，應該是來自古早年代的人，有可能來自上個世紀。即便在她年輕時期，人們都不會穿著這種長版外套。

為什麼他會在清晨時來到她床邊？這名約莫四十餘歲的男人（但以她當時幼小的年紀，實在難評估大人實際歲數），用溫柔的聲音跟她說話。更令她驚訝的是他不是用自己的母語交流，而是用她父親的語言交談……他說有一天會需要她的協助，等到時機成熟就會再次上門。不過他也不知道會是在多久之後，只確定會是一段漫長的時間。目前她無法具體為他做什麼事，因為機緣還沒到。

那名男子沒有自我介紹太多，可能因為成年人不會向九歲的孩子自薦其名。沒錯，他說，「當時機成熟時，我會現身。」這段話語讓孩子感到好奇，所謂的「時機成熟」是什麼意思？她終究不敢提出這個問題，不是因為對方令她心生恐懼，而是她對這名愁容滿面的男子感到同情。他勉強微笑，捎來暖心的安慰話語，「別擔心，我不會要你去幫我摘下月亮的！」

薇拉當時如此年幼，對世界正在醞釀的巨變毫無感應。她帶著這段溫暖的話語，再度沉沉入睡。這種陌生人突然在房裡現身的情況，她早已司空見慣，這次也沒什麼值得大驚小怪的，於是她裹在暖和的棉被中重返夢鄉，直到早晨第一班電車在他們住所前的大街發出刺耳聲響，把她驚醒。父母在廚房的交談聲音讓她感到安心，而那名憂心忡忡的男子已經杳然無蹤。然而，她好奇反覆想著，對方信誓旦旦說未來會再來訪，到底是什麼意思？

對她來說，那是孩提時期某個漫長星期天的開端。在二月勝利過後兩三個月，[1]她發現在父母談話中愈來愈少聽到諸如教堂、彌撒這樣的詞彙，她尚未理解這些詞語消聲匿跡的原因。但從她懂事以來，有太多事都讓她莫名不解。

起床後，薇拉向母親提起剛才的訪客，就像稀鬆平常描述她慣常遇到不知道從何處突然迸出來的人一樣。在一般日子中，母親會仔細聆聽她描述訪客到來的經過，並詢問細節。但當天早上，母親一向帶著笑意的面容忽然凝重起來，彷彿她內心的溫度驟降。

這是怎麼回事？母親保持靜默，而這孩子因為摸不著頭緒又不敢多問，整天都陷入苦思。到底發生什麼事？她說了什麼不合宜的話嗎？這次跟她交流的訪客與之前的訪客沒什麼兩樣呀……是因為那名男子承諾要再回訪嗎？這名來自陰間的訪客是否犯下大忌，因為他似乎在言語中暗示假以時日後打算回來迎娶一名陽世女子為妻？

當日，她父親北上去到梅爾尼克（Melnik），照顧臥病在床的表親一整天，直到下午才返家。小薇拉看到父親與母親關在廚房密談，但沒有聽到他們確切談些什麼。稍後，父親單獨把她拉到身邊，想和她聊聊。她坐在小床上，父親則站在房間窗戶旁，逆光中的身影遮住一大片夕陽餘暉。他遲遲不開口，沉吟半晌，眼睛低垂直視地板，彷彿在漆木地板的紋路和接縫中尋找最淺顯易懂的話語。由於這陣僵持的緘默讓她深感不安，她抽抽搭搭哭了起來，父親輕拍她的肩膀，「別哭別哭，薇薇！妳沒有做錯什麼事，真的沒有……。」

「我不應該見到那名先生是嗎？他是壞人嗎？他可能會傷害我嗎？」

「完全不會的，親愛的薇薇，完全不會這樣的。他沒有順便告訴妳他的名字，對吧？妳不認識他嗎？」

「沒有，他就這樣走了，沒有說他到底是誰……他被警察通緝了嗎？他是個小偷嗎？」

談話過程，小女孩第一次看到父親打從心底朗聲笑開，於是她停止啜泣。

「不是，別擔心。但是好好聽著，爸爸現在要告訴妳的事非常重要。之前我曾要求妳不要跟任何朋友和老師提起妳會**看到**人，記得吧？為了不讓他們嘲弄妳，他們無法看見妳**看到**的那些人。或者為了不讓他們嫉妒妳。上次妳跟我們提到今天出現的這種訪客，那是在聖誕節前不久，對吧？大概是四、五個月前。」

「嗯……。」

「妳知道二月分外界發生很大的變化。現在在新的領導人當中，有些人是惡徒之輩，薇薇。妳必須非常提防，因為他們到處都有眼線耳目，絕對不要把家裡聽到的事傳出去給外人知道。我們已經一再交代妳，媽咪和我之間說過的話都必須保密，即便是老師問妳，妳也不能走漏風聲。好嗎？還有另一件事，那些妳看見的人，那些不再在世的人……除了我們之外，千萬不可以跟任何人提起他們，永遠都不可以，明白嗎？當有客人造訪時，一句話也不能重提。」

「千萬不要在學校說。當妳和朋友們在一起時，即使再怎麼想跟他們分享祕密，也萬萬不可說溜嘴。因為對於那些壞人來說，只有活著的人才真實存在。根據他們的論點，死去的人不可能再出現在人世，如果被傳出去說妳看得見亡者，他們可能會把妳送進瘋人院……他們會說妳是巫師，或者妳在散播謊言。而我們，身為妳的父母，也可能會長久被關進監獄，甚至再也見不到妳。明白了嗎，薇薇？那是很嚴重的。我確信政府不會喜歡妳的訪客們，知道為什麼嗎？因為那些找上妳的人，政府既不能逮捕他們，也無法控制他們的行徑，這會讓當局非常不安……現在的政府想要掌管所有事。」

薇拉．福爾蒂諾娃淡然在攝像機前講述，那名曾在她面前顯靈的男子，在她整段童年都沒有再重返。她早已逐漸淡忘他，並遵循父母指示，將那個星期天拂曉時光的記憶，埋藏在內心最幽微處，永遠不再談論那些顯靈的訪客。然而，那卻沒有讓她的父親日後豁免於艱苦的牢獄之災，這段往事就暫且不提。

四年後，薇拉因為感染流感，只好在病榻上翻閱書籍。這個年輕女孩從前天開始逐漸退燒，但仍然被禁止下床與接受探訪。父母要到下午才會下班回家，孤伶伶的她眼前還有好幾個小時得消磨。

　　她已經把插畫書反覆翻閱到快要解體，在百般無聊之餘，她只好從母親擱在床頭櫃上的書堆挖寶來打發漫長時光。她隨手抓起最厚重的那一冊書，那是被她父親稱為「過往」出版的百科全書。父親總是喜歡用這些小切口標記時間的流逝，除了他之外，沒有人會注意到「過去」和「以後」的差異。然而，在當時氛圍中，即使是孩提時代的她也能聽懂所謂的分界點是父親口中的「一九四八年的變革」。因此在她眼中，出現在書架上的一九三五年百科全書，有如她內心嚮往的亞特蘭提斯島般散發神祕光芒，[2]她無可救藥地愛上書中的文字風格、插圖與總覽圖表，還有在泛黃頁面上那些畫質模糊的黑白照片。哦！原來一**切都可被書寫**的年代確實存在過！她彷彿化身為蝴蝶，在書本內各篇幅間穿梭飛舞，在恐懼與歡愉交織的閱讀體驗中流連忘返，如同身處遊樂場的鏡子迷宮，鏡中影像不斷折射與複製，圍繞著本尊與其複象。少女感覺自己趨於穩定的體溫再次蠢蠢欲動，正當她準備闔上書本之際，她突然蹙起眉頭，將目光聚焦在第二七四頁上。

母親返家時，發現女兒呆立著，處於強烈不安的情緒。

「妳怎麼下床了？我不是明明告訴過妳……」

「媽媽！」

「怎麼了？不回床上好好躺下的話，我不想聽妳說話。先回床上去！」

「妳還記得嗎？很久以前有個星期天早晨，我說過我在黎明時分遇到一名男人，他站在床頭跟我交談。」

「的確有，我還記得……」

在書桌上，第一冊的《百科全書》被翻開，薇拉手指輕點第二七四頁中央一張黑白老照片。

「就是他，這裡。」

「妳確定嗎？會不會是妳看到長得像他的人？」

「媽媽，要是我告訴妳，他的穿著與這個人的古早衣著一模一樣呢……」

稍後，薇拉在研究蕭邦時，她才得知自古以來，全世界只有兩張被建檔留存的蕭邦照片。蕭邦是首批在世時被先以繪畫描繪，生命後期才被拍攝成影像留存的傑出名人。蕭邦從彩色走向黑白，就跟他的初戀歌劇女高音康絲坦雅．哥拉德科斯卡一樣，[3]康絲坦雅在年輕時綺羅粉黛，但隨著歲月推移，她的容顏在現實中消磨，逐漸在黑白色調的照片裡老邁。當薇拉翻閱百科全書中一八四〇年代的章節，發現那幅首次出現的作曲家銀版攝影法相片時，[4]她感到非常驚訝。

當時，蕭邦應該擺好姿勢停格許久，結果影像卻類似瞬間快照，他被捕捉到的神情帶有錯愕驚訝。

那張照片是路易斯－奧古斯特．比森的得意之作，拍攝時間可追溯到一八四九年，也是作曲家生命步入盡頭的那一年。[5]肖像照中的人物，神似那名現身在薇拉床邊的男子。當薇拉指給母親看那張照片時，她想起一名舉世皆知的音樂家曾等候自己醒來，並表示未來會需要她，這讓她震驚的心情久久無法平復。在一八四九年拍攝的那幅銀版照片上，蕭邦在黑色背心和白色襯衫外罩上一件厚重的灰色連身長大衣，他的脖子裹著圍巾，或許因為拍照的攝影工作室氣溫很低，也或許是因為身體不適，他將雙手交叉緊握擱在腿上。長久以來，蕭邦一直很清楚自己身體孱弱。如果仔細端詳他眼睛，會發覺他眼神流露強烈憂慮……當時的他與那間等待肖像顯影的暗室似乎相隔遙遠。或許拍照那天，他比任何時刻都產生更不祥的預感，就在那一刻，攝影師命令他在影像曝光時不要離席。於是這名病入膏肓、面對所剩無幾歲月的音樂家，透過鏡頭發出驚世吶喊。

到底什麼時候蕭邦才會需要她？少女在辨識出訪客真實身分後，便迫不及待反問自己。什麼時候？更重要的是，她要為他做什麼？她到底何德何能，可以替這名上世紀的巨擘提供協助？

薇拉面對攝影機回想道，在這段插曲後，漸漸地，她興奮的神情褪去。隨著歲月流逝與青春消磨，她幾乎不再憶起這名偉大的作曲家，只有當收音機偶然播放到蕭邦的作品。只有在那些樂音傳來時……是的，只有在那些時刻，她會再度回想起他的囑咐。

那個星期日拂曉醒來時經歷的拜訪，以及類似情況下碰見的不速之客，對薇拉來說其實都司空見慣。或許亡者們將她視為傳達訊息到人間的理想差使，從小這類經歷就伴隨她一起成長，讓她反過來對其他孩子看不見靈魂感到驚訝。薇拉把亡者視為平行時空的身心障礙人士，但她不想因為高調宣揚自己的特異功能，而被視為瘋癲。自從父親正色禁止她談論「降靈」話題後，她便三緘其口，並對周圍保持警惕，生怕說出任何洩底的線索。唉，其實她從來都沒妨礙過誰呀！然而，隨著年齡增長，她逐漸發現**妨礙了誰**並非癥結所在。在當前體制下，所有事都能引發懷疑。因此她如履薄冰，仔細過濾每一句話，這讓她日趨沉默寡言。當然，她也意識到自身的孤立感愈發深刻。她感覺自己簡直像雙面間諜，為了兩個刻意忽視對方存在的世界服務。然而，這兩個世界的人卻渾然不覺他們的命運其實緊密交纏，彼此相互依附，這一切只有包含她在內，極少數擁有**相同體質**的人洞悉。

當她感到孤立無援時，她有一個重要的慰藉。她並不是唯一擁有這種遭遇的人，薇拉的母親也具有看到亡者的特異能力。儘管母親從未對此多言，但薇拉身為女兒，在偷聽父母對話時大略知悉。比如她在十一歲的某天，曾聽到母親說，「今天我看到保羅，他非常遺憾無法幫助我們。他感到很同情。如果還在世上，他一定會設法幫助我們擺脫困境。可憐的叔叔……至少他提供我們這些建議，他仔細思考過並想告訴我這些……。」因此沒事的，薇拉不是那種會被展示在市集上的珍奇異獸，也不會隨著某個小鎮馬戲團過著終生漂泊賣藝的生活。或許她和母親都屬於擁有第六感的那種突變智人，[6]就像在漫漫演進史中，一些魚類逐漸進化出肺臟以便於冒險離開水中。

由於憶起母親讓她情緒有些波動，薇拉．福爾蒂諾娃明顯語塞片刻，然後才重拾她的故事。

「我的母親沒有像我一樣遇見那麼多亡者。當她勉為其難與我談論時，我驚覺自己的能力遠超過她。在哪些方面呢？我覺得是在感應的頻率和質量上。我母親竭盡所能忘卻她擁有特異的功能，她不太喜歡我跟她談論遇到**不速之客**的經歷，那會讓她聯想到自己的狀態。她希望能跟其他人一樣正常生活。現在回想起來，當時她應該對此感到無比憂心，甚至有深刻罪惡感，因為她遺傳給我那種令人難以啟齒的東西，甚至可能將不利於我……。」

「而且，還有另一件事：她很介意我和家族中的往生者打交道。『妳怎麼會知道那些事？』每當我不自覺誤闖一個禁忌領域時，她便會如此責備我。她言下之意真正想說的是，『妳實在不應該涉入那些。』」

「在極度非自願情況下，我成為最稱職的祕密情報單位。儘管政府當局都是唯物主義者，但他們無疑渴望擁有一支由許多小薇拉組成的生力軍。可憐的媽媽一直為此感到擔憂與不安。日復一日，我開始將我遇到所有異常的經驗隱藏在心中，我和她也因此變得日益疏離。當母女漸行漸遠同時，我們卻同樣擁有這種特異能力，這多麼荒謬！然而，那正是過去時光日積月累發生的實情。」

「我可憐的母親在還年輕時就去世了，走時只有六十三歲。她實在活不夠久，無法在生前得知那名百科全書照片中的作曲家，是否會再度現身向我求助。我深信雖然她沒有明說，但會好奇他有什麼事情有求於我……也許這會讓我們這些可憐的**奇特**女性產生些微成就感吧！」

「一九八四年我丈夫去世後，我不得不獨自挑起家庭重擔。少了他的收入，我們一家大小食指浩繁、生計堪憂。我在學校的食堂工作，任務是在清理用餐後的桌子。有一天，我很倒楣地踩到橘子皮失足滑倒，撞擊到桌角，當場斷了幾根肋骨。所幸我沒有大礙，但劇烈痛楚讓我不得不在家裡休養長達數週。」

「十五天後，醫生取下打在胸部的石膏，我慢慢恢復家裡的日常活動，不再整天被困在床上，也終於能做些有別於閱讀或發呆看蒼蠅群魔亂舞的事情。在傍晚時分，孩子們會幫我做一些家事或煮飯……。」

「白天，當孩子去上學時我無所事事。就這樣，在某一天下午，我掀起琴蓋輕觸琴鍵。當我試圖彈奏時，卻發現以往學過的音樂所剩無幾。我可悲的雙手再也無法彈出任何像樣的樂章。我完全喪失自幼學琴以來掌握的靈巧指法。自從擁有這架鋼琴後，我其實一直希望能上課學琴，但拖著兩個年幼的孩子，我幾乎沒有任何空檔留給自己，況且我哪來的閒錢。」

「這架閒置的鋼琴是否像特洛伊木馬？我常常凝視著琴蓋被闔上的鋼琴，琴上放著您所看到的花瓶，那是一個古老的結婚禮物，以及裱框的照片。這個樂器始終提醒著我童年時期某個星期天清晨的訪客，以及他宣稱日後必定再度回訪的誓言，轉眼間那已是如此久遠的往事！」

「我在期待什麼？儘管我堅信對方承諾，但有時也不免自我懷疑。如果等不到訪客回來前我就先死了呢？我究竟該如何幫助他？他主要是為了鋼琴譜曲，那麼他再次拜訪的承諾與家裡這台走音的簡陋樂器能產生什麼關聯？每當我思考自己存在的價值時，給予的自我評價都相當低落。我父母雙亡，又是一名寡婦，目前從事一份無足輕重的工作，甚至無法滿足孩子基本的生活條件。

而現在，我又因為一次愚蠢的失足摔斷幾根肋骨，被困在家中數週。」

「被迫賦閒在家是種奇怪的感覺。對於一個一直忙於實務的人來說，當他突然閒下來就會開始思索一些哲學議題。我多希望能找到那把終極鑰匙，讓我在這個世界上暢行無阻，首先是理解這個世界，以及數百萬名與我同類的人們生活、歡慶、嫉妒、愛慕跟折磨彼此的空間場所。

最近，也許是因為無所事事，也可能因為我終日躺在沙發上，片段的音樂旋律開始在我腦海中零星浮現，它們既不完整也不清晰，如同輕風掠過水面的蕩漾倒影。我把這歸咎於我漫無止盡的休養期。因為我閒散無事，讓我的想像力被激發，而創造出這些旋律來消磨時光……這些片段在我腦中出現又消散，您知道的，就像散落在藍天中的小雲朵。」

「有的旋律感傷沉鬱，有的則愉快歡悅。這些樂章雖然簡短，某些段落卻優美到讓我驚豔。但它們如電光火石般閃過腦海，接著便消聲匿跡，我無法完整記憶這些旋律，更驚覺自己產生創作慾望。最奇怪的是，這些旋律並不……

符合我的風格。我絲毫沒有料到這些小雲朵預示我的獨特機運，不只是引導我日後成為一位大器晚成的作曲家而已。」

「一天下午，我輕輕掀開鋼琴的黑色蓋子，試圖重新譜出一段浮現在我腦海的旋律。那時候大約是下午兩點左右，我在孩子們回家前還有很長一段時間要消磨。我在隨意彈奏時，因為思緒的稍縱即逝或容易被埋藏，而感到困惑沮喪。我試圖回想音符的名稱與在五線譜上位置，並努力分辨對我如天書般難懂的樂譜。時不時我的腦海中會有一絲靈光乍現，讓我能稍微安慰自己腦中並非所剩無幾。」

「然而，這件事就這樣發生了！正如前些天我所說，也許我人生中全部的境遇都要歸功於在食堂害我滑倒的橘子皮。一切突然降臨在我端坐在鋼琴前那一刻，一瞬間，我的雙手開始在鍵盤上遊走，我竟然開始演奏！我驚訝地看著突然變得靈巧輕盈的手指，它們完全超出我的掌握。

我的大腦對琴鍵上的旋律全然陌生，它們透過我來進行演奏，但我的雙手究竟是誰的玩物？沒有人在現場呀！我對於來自冥界的訪客早已屢見不鮮，但眼前場景居然讓我心生恐懼，因為沒有任何人佇立在一旁。我就這樣彈了大約二、三十秒，雙手自動停了下來。我輕輕動動手指，一個一個確認它們是否還聽從我指揮，至此它們又變回無法識譜的**音盲**了。

就在這一刻，我清晰看到他現身了，如同我現在看著您一樣逼真。他站在鋼琴旁，手肘倚著琴身。從那次清晨前來拜訪九歲的我以來，他的外型絲毫沒有改變，或許因為他來自時間停滯的場域。回到幾分鐘前的場景，當我掀開琴蓋之時，是否向他發送某種訊號，或在他身處的世界中啟動什麼按鍵，使他驚覺並引領他再度回到我身邊？我突然想到在丈夫去世後，我還試圖賣掉這架鋼琴……幸運的是唯一表現出興趣的買家，在看過鋼琴後要求考慮一段時間，就再也沒聯絡我們了。當時，我克制失望之情，還思索日後我們將如何賴以維生，但後來家中經濟情況稍稍改善，這架鋼琴就繼續矗立在牆角。」

「蕭邦就和三十七年前首度來訪時一樣，流露出憂心忡忡的神情。這三十七個充滿歡樂與挫折的漫長歲月，一萬三千五百天交織著期望和恐懼的晨起與夜寢。然而這一萬三千五百段回憶，從未抹滅遙遠記憶中那個星期日的畫面。當他第一次現身時穿著的開襟長外套，很可能跟我在其中一張銀版照上看到的衣服是同一件。他勉強擠出一絲蒼白的微笑對我說話，這一次用**您**來稱呼我。『我曾承諾總有一天會回來看您……您那時還是個孩子。記得嗎？』」

「這就是一切的開始。正如之前我所說，從我懂事以來就一直有亡者找上門。但我必須說明，在孩提時期這類陰陽兩隔的接觸更加頻繁且容易。過逝的家庭成員、父母的朋友、附近的居民，還有許多懶得自我介紹也沒特別想要什麼的陌生人……大多時候他們都不說話，我們的交會似乎沒特別目的；大抵而言他們只是在街上錯身而過的路人，您不會想主動與他們攀談。每當無名的拜訪者開口說話時，當時的我比起現在更有能力清楚聽到他們聲音，我們相鄰的小宇宙能在沒有任何干擾下心靈相通。坦白說，現在的情況已不復如此。隨著年齡增長，不管是聽力或視力都在下降……有時當然一切都清晰可聞，我能清楚看到和聽到對方，那是我所謂的清朗時期。然而更多的時候，我與亡者的溝通並不順暢，或者連線無法持續太久，像是有時接電話被雜訊干擾，而無法正常通話；有時又突然被不明原因切斷通訊。我和訪客間也常遇到相同狀況。」

「『您還記得嗎？』」，他詢問我。

『後來我知道您是誰了。您承諾過當需要我的時候會回來。那是三十七年前的事了。您讓我苦候多時。』

『抱歉，但在我身處的地方，時間概念是不存在的。我確實需要您。』

『您需要我這樣一位名不見經傳的人嗎？我能做什麼？除了此時能看見、聽到您的存在，我算是哪號人物？』

『這才至關重要。您想想看，像您具備這種能力的人寥寥無幾！』

『那又怎麼樣呢？』

『我希望您能按照我的口述，來譜寫我死後創作的作品。』

『但我對音樂一竅不通！我連**豆芽菜**音符幾乎都看不懂，樂譜對我來說就像天書一樣……您真的覺得我是那個天選之人嗎？』

『一切都會很順利的。還有的是時間。我們來一起練習如何互相支援。您願意嗎？』

『我鐵定會犯很多錯的。您找個職業鋼琴家，可能比我更能勝任這份工作。』

『不用，我們已經多方考量過了。』

我們？

『我本人和其他一些還在持續創作的作曲家，像是李斯特、烏爾曼。[7] 我們都認為一個有名氣的鋼琴家或音樂學者，可能都會以本位意識重新調整我們傳授給他的樂章。但您不會！您沒有這種以自我為中心的企圖。再者，一位作曲家或演奏家會太過聚焦在自己與事業的光環。我寧願與像您這樣謙遜而悠緩的人打交道。我們要開始進行第一回練習嗎？』」

「他應該知道我終日無所事事，尤其那天下午更是無聊難耐。難以理解的是，自小我就有個無法跨越的坎。正午過後，我總是感到些許情緒低落，提不起勁做任何事情。那天我也心情抑鬱，回想起我的丈夫以及我們本該攜手共度的人生，如果他沒有久病纏身，又如果他沒被國家安全局找那麼多麻煩……我就在這種憂鬱的心境下，同時也在瀰漫蕭邦沉鬱風格的氛圍中，接受了他的提議。」

「那一天，我在毫無心理準備下開始跟著他的口述創作。他非常有耐心，也很清楚我們合作之初會遭遇重重關卡，況且他並非押注在有本領的優質馬兒身上。我完全不是一匹好馬，反倒像是一隻陷入音符、音調、琴鍵以及五線譜這團艱澀泥沼的苦力馬匹。儘管如此，能夠雀屏中選仍讓我激動不已，且為此自豪。」

「後來，由於我女兒放學回家的時間到了，他又匆忙**離去**，留下被悵然若失的空虛感侵襲內心的我。我推託表示突然感到腸胃不適，便去躺下休息。足足昏睡兩小時後，勉強起身下床準備晚餐，孩子們都擔心問道，『媽媽怎麼了？你看起來臉色蒼白……要不要去看醫生？』

啊！要是他們知情……沒有醫生能治癒我在家中空窗期間的奇遇。在空白的五線譜紙上，我記錄一些自己都不知道寫了什麼的東西。一直到後來，我重拾一些鋼琴課程後，才能開始演奏。」

「那天他口述的內容是什麼？」

「當天和接下來幾天，我們是完成一首馬祖卡舞曲。我個人認為，與他日後陸續託付給我的十二首組曲相較，這首的旋律是最優美的。」

「我們希望能拍攝您彈鋼琴的影像，」羅曼・斯塔涅克邊對她說，邊以目光徵詢路德維克意見，路德維克點頭附議。「聽您詮釋您記錄的第一首曲子是很有意義的，它的創作年分是在……？」

「在一九八五年三月二十七日。但您知道，即使我對它倒背如流，還是擔心會破壞它的美好，我真的不夠格演繹這部作品……。」

「我了解。但是，請容我再度懇求，您能在鏡頭外讓我們聽聽看，只為我們這些在場者演奏嗎？」她點點頭表示同意，坐到鋼琴前準備。值此同時，羅曼向路德維克打了個暗號，示意他攝影機其實還在運轉。

起初，她在一個和弦上卡住一下，彈了幾小節後再度停頓，又從頭來一遍。接著，她彈奏得順暢無比。樂音如行雲流水般流洩，其間穿插一些小漩渦與礁石，以及蕭邦那著名的「自由速度彈奏」。[8] 這首曲子持續不到三分鐘，但足以讓路德維克從椅子上驚訝地跌下來。她對兩名記者夾雜敬畏的靜默感到自得，原想同場加映一首更短的曲子，但魔法已經失效。

路德維克本來希望她再重彈一次馬祖卡，但又不敢提出得寸進尺的要求。儘管福爾蒂諾娃女士的技巧稱不上高超絕頂，卻讓他陷入一種奇特的情境，類似被輕微催眠。這與他在聽拉赫曼尼諾夫三號鋼琴協奏曲某些樂句時常陷入的狀況相似。每回在樂章開始十多分鐘後，他會感覺自己隻身漂浮在一片汪洋，心中再度湧起姿德恩卡離他而去的當下場景。

那段音樂如同一方療癒解藥，讓他不再感到悲痛，只殘存一絲陰鬱綿長的微醺感，如同晨曦輕覆沼澤，或鳥兒穿透薄霧展翅飛翔。路德維克彷彿從世間萬物解脫，從置高處俯視自己的存在，渺小又隔絕深藏山谷的小茅屋。而這首以蕭邦風格創作的馬祖卡，在他心中正是引發似曾相識的憂鬱情懷。

「我還有一個疑問……請問那天蕭邦有告訴您，為什麼他大費周章想與人世重新締造連結嗎？」

當路德維克脫口而出這個問題時，他對自己任憑對方玩弄於股掌感到氣惱，居然讓她深信自己照單全說這些說詞。

「那天我們沒有談到這個……可以說當時我們一心只想協商共識，嘗試找到一種溝通模式。最終，他決定要我記錄他口述的樂章，而不是讓我彈奏。但他告訴我日後有一天，我應該向周遭人們宣揚他新譜的樂曲。他既不願白費力氣做這些事，也不希望我**被迫**付出的努力白費。」

「您在多久後重新回到職場？」

「我在家待了一個多月。」

「這段時間他還有再回訪過嗎？」

「當然囉，我記得他幾乎每天都來，除了週末以外，因為孩子們週末在家。」

「都是他來造訪？」

「對方來訪時間從來不取決於我。主導權總是在他。應該從來沒有人想召喚一名亡者登門造訪吧？」

「很抱歉。您在痊癒後重新投入職場，如何維繫與這名新訪客的互動？」

「我們會面的頻率日益減少，我從來沒有對孩子提到這些……。」

「您知道的，因為我在學校食堂工作，都不會太晚回家，最晚也就是下午三點或三點十五左右，這讓我在孩子放學回來前，有一些空檔能單獨待在家。今年年初，我順利地**行使我的退休金權利**。由於我寡居且獨力撫養兩個小孩，所以能提早享有這項福利。」

這位穿著花洋裝的女士，的確有些討人喜歡的地方，路德維克心想。她全身散發一種復古氛圍，像是有時候會用「行使我的退休金權利」之類的過時表達方式，這些詞彙引領人們心神悄然回到歲月靜好的單純過往。

1 二月勝利（février victorieux）指的是一九四八年二月下旬，捷克斯洛伐克發生的二月事件（Vítězný únor）。當時，捷克斯洛伐克共產黨在蘇聯支持下通過政變，毫無阻攔控制政府。這起事件標誌共產黨在捷克四十年統治的伊始。二月事件的意義超越國家疆界，震驚整個西方世界，並促使美國提供一百三十億美元，分成四年援助歐洲十六國通過「馬歇爾計劃」。之後在短短一年內，西方國家成立北約，鐵幕最終版圖隨之確立，並延續到一九八九年蘇聯政權瓦解、鐵幕走向終點為止。

2 亞特蘭提斯（Atlantide）是古代傳說中一座被認為沉沒在大西洋中的神祕島嶼，在文學和神話中常被描述成一個文明高度發展的神祕國度，亞特蘭提斯的存在之謎與無端消失的傳說，讓世人對此寄託諸多想像。

3 康絲坦雅．哥拉德科斯卡（Konstancja Gładkowska，1810-1889），與蕭邦同齡的女高音。蕭邦在十八、十九歲情竇初開的年紀，愛慕這名華沙音樂院的女學生，時常聆聽她演唱的羅西尼（Rossini）的歌劇選曲。一八三〇年，蕭邦更將對康絲坦雅的愛意，轉化為第二號鋼琴協奏曲慢板樂章中優美而夢幻的旋律。

4 銀版攝影（daguerréotype）又被稱為達蓋爾銀版攝影，是源自十九世紀的攝影技法，法國畫家達蓋爾（Louis-Jacques-Mandé Daguerre，1787-1851）發明。這種攝影方法的曝光時間約為三十分鐘，比一八二七年尼埃普斯（Joseph Nicéphore Niépce，1765-1833）曝光超過八小時才能完成的技術精良許多。經過改良後，銀版攝影法因曝光時間縮短，故可拍攝肖像照片。其優點是照片逼真、富立體感，而且為正像。

5 路易斯－奧古斯特．比松（Louis-Auguste Bisson，1814-1876），與其弟奧古斯特－羅莎利．

比松（Auguste-Rosalie Bisson，1826-1900）被共同稱呼為比松兄弟（Frères Bisson）。比松兄弟兩人皆為十九世紀的法國攝影師，一八四一年在巴黎成立知名的攝影工作室。路易斯－奧古斯特最著名作品，即為他替蕭邦拍攝的肖像。

6 智人（l'Homo sapiens）是生物學分類中人科人屬下的唯一現存物種。一百多年來，眾多學者咸認世界各地的人類族群，是由各地的古代人種分別演化而成，各地族群在獨自演化之外，之間又有遺傳交流，最終形成現在的單一人種智人。

7 烏爾曼（Viktor Ullmann，1898-1944），猶太裔捷克作曲家。烏爾曼早年在維也納求學，三〇年代初，他在瑞士擔任樂團指揮，一九四二年被納粹送到集中營，後來在奧斯威辛集中營遭到殺害。烏爾曼作曲廣泛採用現代技巧，他的音樂常帶有濃厚政治色彩。

8 自由速度彈奏（rubato，又稱為彈性速度）。彈奏者若在樂譜看到Rubato，那表示這段樂句或樂段不必嚴格遵守速度，而能依照音樂旋律或強弱自由加快或放慢速度。蕭邦在解釋Rubato時曾表示，那是「左手的嚴格節拍、右手的自由節拍。有時在一處拖拍，那可在另一處用搶板平衡回來。」

第六章

很顯然，這名「愛麗絲」打造了自己的夢遊仙境，並在那裡過著幸福的生活。訪談間，她甚至說有時會感應到過世的動物——貓、狼、甚至連獵豹都來湊一腳，它們各個對她友善如羔羊。於是她將狼重新引進這座波希米亞城市，還野放非洲的珍奇猛獸……這些天馬行空的念頭伴隨著路德維克信步走出大樓。那些提出很浮淺問題的人可能會感到困惑不安，因為這名女士回覆的言語脈絡相當貼合情節的合理度，且具有連貫性。她的思考架構有特定邏輯，顯示出經過深思熟慮，既難找出破綻，也難撼動她本身的信念。薇拉・福爾蒂諾娃似乎打從心底相信自己陳述的一切，這很耐人尋味。對她來說這些奇遇彷彿都天經地義，是的，她對這些胡謅瞎掰表現出一派安然自若，反倒是路德維克深感迷惑：她如何能表現如此堅定，同時完美扮演自己的人設？她不是女巫，也不是作曲家，她是一名無與倫比的演員。

她的神態從容讓人極為不安。如果換作是一名檢察官會對此有什麼看法？罪犯提出偽證製造不在場證明時，總能帶著令人不疑有他的真誠口吻嗎？

「當然可以呀，」攝影師閃爍其詞回答，頓了幾秒鐘後又反問，「為什麼她不可能是真誠的？」

路德維克一臉狐疑看著他，沒有說話。她演奏的馬祖卡舞曲確實觸動了他。然而，每當他跟周圍人們提起薇拉．福爾蒂諾娃時，他們都警告他，「在我們國家起碼有一百，甚至兩三百名音樂家，都能以過人技巧即興演奏蕭邦樂曲……不要被唬住了。別像個菜鳥一樣大驚小怪！」

然而，路德維克被傳入他耳中的音樂所迷惑。並非因為曲風與蕭邦神似，坦白說，他也沒有正確鑑定曲風的專業能力。他是受到那首渾然天成的優美動人曲子所震撼，彷彿被迎面痛擊。

在他看來，福爾諾蒂娃這名女人無疑沒有能耐寫出這些樂曲，如果她真能這麼做，早在年輕時就有一番作為。人類大腦不會在年近六十時才驟然發揮作曲家功能。那麼，她究竟是如何做到的？

路德維克腦中慢慢浮現她在幕後必定有藏鏡人的想法。可能是某位作曲家或模仿者，出於不明原因想在保持匿名的情況下讓世人關注他的創作，至少一開始的設定是這樣的。根據路德維克聽聞，捷克共和國有一百到三百人具有模仿蕭邦的能力。這些想法在他腦中迅速掠過，介於直覺和肯定之間。對呀，是否薇拉．福爾蒂諾娃只是陰謀的冰山一角？她會不會只是用一副憨厚、神祕而浪漫的面孔，掩護務實而屢見不鮮的操作手法，利用人們的輕信來斂財？無論是即將發行的唱片，或伴隨此事件的媒體炒作（路德維克認為自己正是事件幫兇之一），難道不都是推波助瀾的因子？自古以來，虛實交錯就是人類永恆的探索。只要聘請一名有實力的音樂家，從頭塑造一段超越生死界線的**祕辛**以煽動群眾良知，利潤就會源源不斷湧入……這代表這齣皮影戲的主要替身，必須是一名經驗豐富的演員，這人不會敗露任何蛛絲馬跡。迄今為止，眼前的情勢發展似乎是如此。路德維克必須「設下圈套」等她自己掉進來，沒有逮到她絕不善罷甘休。福爾諾蒂娃早已鬆口，承認她對音樂並非完全外行，這與她早期接受訪問宣稱的內容前後不一，人們對她矛盾的自白絕不會等閒視之。

福爾諾蒂娃擅長狡黠地自圓其說，但這不是她唯一該被拆穿的胡言亂語。路德維克將放大檢視她每一段談話，光是這件事已經夠他忙了——她接受訪問時的話還真不少。不過，她回答問題的從容態度令他驚訝。如果這名女人不是百分之百確信自己說的一切，就是專精於偽裝和操縱。她是否與愛麗絲一樣深信自己描述的夢遊仙境？路德維克．斯拉尼真希望自己不被困擾籠罩。在一團混亂中，有兩股對立力量相互拉扯著。一方面，他希望拆穿這場騙局；另一方面，有某種超越理性的力量在牽引他。他像是在航海圖上發現無名島嶼的船長，那種感覺古老而神聖，令人難以言喻，並與他年少時期開始奉行的價值觀相去甚遠。他內心深處有某種混沌在翻騰，彷彿一種強烈的暈船感，將他從頭到腳徹底掏空。

路德維克才剛回到家，電話就響了。是他母親需要幫忙修理小東西。她像往常一樣再三強調只是一些不緊急的小事，可以等他有時間再處理。但他決定立刻去幫忙解決。至少這讓他在心神紊亂和沮喪之際，暫時能享有助人的快樂。

還不到一個小時，他就把車停妥在斯密喬夫（Smíchov），母親家附近的一條街上。

這次的修繕工作確實是一樁小事，不到兩分鐘就搞定了。他母親是所有他認識的人之中對解決家裡疑難雜症最不在行的。每次在臨走前，如果沒有喝一杯咖啡配上「水果世界甜點店」的蘋果派，[1] 媽媽是不會讓他離開的。「今天早上我去朋友克拉拉家後繞去買蘋果派。你還記得克拉拉嗎？老家在克拉德諾（Kladno）那位。」

他確實沒忘記克拉拉，母親起碼提過上千次這位芳名與老家城市雙雙以K

開頭的人。這時像是在玩連連看遊戲般，他不由自主想起曾向薇拉・福爾蒂諾娃提出的問題，以及她聲稱見到他家族中的故人克萊門特（Klement）。他決定挑戰福爾諾蒂娃的說詞，或許他們家族中真的有一位克萊門特？他要來立即求證。

「克萊門特？據我所知是沒有。為什麼會問？」母親的反問令他措手不及。

「沒什麼特別的。我在研究家族檔案時，無意間在電視節目看到一份名單上的名字——克萊門特・斯拉尼，所以我想……。」

「你知道的，斯拉尼這個姓俯拾皆是。」

「我知道，但這位克萊門特・斯拉尼也來自爸爸家鄉地區。」他編了一個故事。

「你提到的這個人也來自歐洛慕奇（Olomouc）嗎？我完全沒聽過他。你爸爸從來沒提過一位叫克萊門特的人。在你查閱的檔案中，他是做什麼的？」

「沒什麼特別的。算了，我只是隨口問問。」突然，一股深深的如釋重負感驅散他過去幾小時的複雜心緒。哦！外頭吹來多麼美妙的清風……路德維克仔細查證一切，果然都是騙人的。福爾蒂諾娃就是在虛張聲勢，她信口開河，舉出克萊門特這位十八或十七世紀的古人，不停東扯西拉。但是無所謂，她已經落入他設下的圈套。路德維克為此洋洋得意，他再次確認自己對這名「對手」的觀感。千萬不能被她貌似誠懇的外表蒙蔽，他必須隨時提醒自己正與一名使出渾身解數的天生演員打交道，他也決心迅速讓她明白自己沒那麼容易上當。

「對了，你和姿德恩卡最近怎麼樣？你們復合了嗎？」

復合……母親在他要離開時冷不防拋出問題，殺得他措手不及。噢！他非常清楚自己與伴侶的現況（對方即將成為前伴侶），那是一種糾纏不清、不會有未來的愛情。但對他來說，要跟一名多年來巴望他傳宗接代，卻逐漸失去期待的老人討論這個問題，未免也太敏感、太令人無法承受了。

「我想她會永久搬出去住，而不是現在這樣三不五時離家出走，評估過情勢後又再回頭。我想一切都塵埃落定，她已經清楚表達想法。就這樣了吧。」

「你要我去找她談談嗎？」

「謝謝，不用了。那絕對是下下策。」

「她已經失去愛的感覺了嗎？」

「可能還是有愛，但對象不是我。」

「那……你知道對象是誰嗎？」

「知道，那就是她自己。她只愛她自己，還有她的事業。我已經有很長一段時間無法再瞭解她了。這一年來，她只談論自己與她的職涯。我們的親密關係完全破裂，她眼中只有新聞工作，也只關心她在新聞業的地位。」

他沒有繼續說下去，母親也沒多說什麼。她三十二歲的兒子重新變回單身，本來她還一心指望成為祖母……如果他的父親還在人世，對這種情況會說什麼？路德維克認為在母親潸然淚下前，盡快終結這個話題才是明智的。

當他開啟住家大門時，立刻注意到空氣中似乎瀰漫著姿德恩卡的註冊商標——她的香水Black Satin。那一絲淡淡的痕跡象徵著她。顯然她曾匆促來過，他察覺到有些物品不在原位，幾個抽屜也沒有好好闔上。她似乎有一種第六感，總能趁他不在家時萬無一失潛回公寓，彷彿透過監視器掌握他的行蹤。

她應該是帶走一些需要的衣物：一件冬季洋裝，一份上次回來時還未處理的文件。姿德恩卡這種無休止的離家，讓路德維克不時處於神經緊繃狀態，而許多時候，她的猶豫不決卻又重新點燃他一絲模糊而痛苦的期待。她不想斷然離去，總是留下一個藉口讓自己返回，但為什麼不等他回家？為什麼她從不在確定會遇到他時現身？路德維克依然無法擺脫三年前姿德恩卡施展的迷咒，她對他毫不手軟用盡一切愛情魔藥！有股無法抗拒的引力，讓他在圍繞對方的軌道上持續運行。路德維克在桌子和置物架四下尋覓對方是否有留下隻字片語，然後頹然放棄，譴責自己無謂的搜尋。

傍晚時沒有發生任何事情，第二天也沒有。但再過兩天早上，當路德維克正準備出門時，家中的電話響起。他以為是姿德恩卡，結果是母親。哎呀！這次她又需要什麼呢？他今天不怎麼有心情。

「我什麼都不需要，別擔心。我只是想問你好不好。」

「嗯……」

「另外，我接到你叔叔弗朗迪舍克的電話。有一段時間沒有他的消息，他的狀況似乎不太好。」

「啊……」

「你記得爸爸常提到那名年紀輕輕就去世的兄長喬嗎？」

「有點印象。」

「弗朗迪舍克告訴我一件以前我從不知道的事。喬小時候對自己原本的名字很厭惡，他討厭到強迫家人和同伴們稱他為喬。在戶政紀錄上，他的名字仍然是克萊門特（Klement），但每個家人最終都接受喬這個名字，並以此稱呼他，到後來我們都忘記他原先真正的名字。總之，他認為喬．斯拉尼比較好聽。後來便是你知道的，他在十一歲時不幸過世。」

路德維克掛斷電話後僵在原地半晌，透過窗戶凝視晨曦中鐘塔上的石板鱗片，微微顫抖著。如果當初他沒想出那個餿主意，跑去詢問母親，現在一切會變得單純許多。

「就在剛才，我看到一名九、十歲的男孩，他說自己叫克萊門特。」他想起那位自稱是靈媒的女士的話語。**剛才**……「他棕色的頭髮向前梳齊，前額有一撮瀏海」，薇拉．福爾蒂諾娃如此描述。對方濃密的眉毛下有一雙明亮的眼睛，他的目光炯炯有神，有端正的臉孔、纖細的鼻子，還有一對招風耳……噢！要是母親能出示給他一張金髮克萊門特的照片該有多好！如果照片中的人像能與上面的描述截然不同，他內心會立刻好過許多！

「喬．克萊門特在初冬之際，冒險走在結冰的湖面。然而，當時冷冽的氣溫不足以讓湖水徹底結凍，人們以為已結凍的湖水表層，事實上承受不住這名長兄的體重，湖面應聲迸裂。喬的弟弟們遠遠看到他失去平衡晃動著，然後在一瞬間消失，因為恐懼遭遇同等不幸，他們都不敢嘗試救他，以至於後來在整個童年，這兩名倖存者始終在斷斷續續的罪惡感餘燼中成長。從那時起，喬，或者說克萊門特，便成為一個永遠不被家族提起的人。」

這就是路德維克母親的詳細描述。要取得一張克萊門特的照片，需要等叔叔抽空翻找他的收藏箱子，前提是要確實有這麼一張照片存在啊！

1 水果世界甜點店（Ovocný Světozor）是捷克一家連鎖糕點店，店裡的蛋糕選擇繁多，尤其以各種水果口味甜點與冰淇淋聖代最富盛名。

第二部

第七章

媒體業與威權政府的情報機構，兩者的依存關係十分耐人尋味。強權執政者將記者視為理應效忠國家的打手，日後在必要時也會對媒體的貢獻給予回饋。同樣地，在政權過渡期，也就是國家從強人政權，轉變為逐漸成形的民主政體這段空窗期，也有很多值得一提的細節。彼時新的規則尚未明確，或仍依循舊時代的思維模式且戰且走，國家置身於兩種文明夾縫間，許多原本不應該再被容忍的事卻依然故我。一切都在過渡，一切也都在游移。萬物皆被更名。有些人一夜之間改變立場，有的人則被排擠到邊陲，新的權勢、文化不再需要他們。他們犯了什麼罪而被流放？其中的準則並非永遠清楚明瞭。

據說，有些人曾為了效勞舊政權做出一定程度的自我犧牲，這卻讓新的掌權者大為反感。如今，這些男男女女得改行從事其他工作，或乾脆遷居他國，一切從零開始。

四十五歲已離婚的帕維爾·切爾尼身心負擔極為沉重，他既要支付贍養費，又要善盡為人父親的責任，無法橫下心來遠走他鄉。畢竟，被語言能力和過去經歷囚困的人，能出走到哪裡？即便是俄羅斯人也不會接納他。他也沒有改行，始終依照自身方式忠於本業。簡言之，他不再為國家或某個特定意識形態服務，而是成為私人的「微特勤局」探員，轉換跑道成為私家偵探。

切爾尼的能力有一部分是與生俱來的，就像某種天賦。他對事過目不忘，並非因為他是愛記恨的人，而是他的記憶儲存容量超越凡人，彷彿他不曾、或幾乎沒有刪除過任何記憶。身為一名頂尖的聯覺者，[1]切爾尼本來能成為像李希特一般傑出的鋼琴家，[2]或成為一名舉世無雙的數學家，也大可擔任高端科技領域的研究者。他能超越人類思考界線，透過工作探索尚未開拓的知識領域。或許他會因為扮演「開疆闢土、為人類彙整見聞」的先鋒者，而獲得滿滿成就，也極有可能草創出一連串的數據解釋與假說……。

但他並沒有這麼做，而是選擇服務國家。切爾尼自幼失去雙親，這個國家扮演他父母角色。在早年（忘記是在孤兒院還是求學時期？）周遭人們對他的才能大感驚艷，視之為典範，並將他與別的費盡心思才能記住事物的一般人隔離開來。切爾尼其實是運用腦中的「攝影」與內化沉浸能力，並在適當時間像背誦課文般傾倒出一首首完整詩歌。說穿了，這不就是在利用他擅長的技能？他本身就像一座行動圖書館，同伴羨慕他，既利用他的天賦又對他感到畏懼，寧可處處迴避。很快地，帕維爾·切爾尼就嚐到高處不勝寒的孤寂滋味。那不像人們夢寐以求的高冷靜寂，而是像痲瘋病患誤入都市叢林感受到的孤立。他擁有的能力真的是「天賦」嗎？還是一種障礙？然而，這一道巫師的光環從未離開他，反倒對他有利。切爾尼二十歲時，有人推薦他進入國家體系服務，他可不是隨便被發配到某個部門，而是進入對抗內部宿敵的專設部門。此後，解密、揭發和阻撓成為他的日常。他監控每個醞釀中的陰謀，以便在尚未萌芽時迅速將之腰斬。他不樂見對自己有恩情、如同再造父母的國家遭受任何安全威脅。他將國家視為一棵古老的樹，這棵樹盤根錯節，深深駐紮在村莊、社區與巷弄，甚至必須直達靈魂最深處。

國家安全局與其他職場不同，當局不惜砸重金提供特務優渥待遇，切爾尼在各種物質與資源上從來都不匱乏。他和同事大可倚靠一些消息來源作為「育苗農場」維生。這座農場有許多一心想靠著密報晉升、野心勃勃的年輕人，還有厭世者與憤世嫉俗者。此外，還有一些沒什麼特殊動機，純粹喜愛四處蒐集情報的路人，雖然為數不多卻殺傷力強大，因為他們始終豎起耳朵保持警戒。

當時，在眾多線民中，有一位志在進入國家廣播電視機構工作，竭盡所能爭取各種機會的新進記者，他的名字叫做菲利普・諾瓦克。儘管諾瓦克從未被組織賦予什麼重大任務，但混得還算可以。他被周遭貼上投機分子與言詞浮誇的標籤，擅於混入各種小圈圈博取信任。帕維爾・切爾尼十分欣賞這位三不五時會親手交來信件、化名為「畢雷克」（Bilek）的男子，也對他展現出的積極進取與多方長才留下深刻印象。在國家安全局解散前的混沌時期，這些寄給特務切爾尼的信件與許多機密文件，都被他小心翼翼隨身保存，以便日後必要時用來自保。切爾尼在家中存放大約十公斤的文件，根據情況隨時提取，一來為了應對突發事件，一來則用來充當尋覓新工作的籌碼。

在那些紙堆中，他究竟保存多少臨時線民提供的情報？切爾尼還沒仔細整理跟列出清單。有的人貢獻良多，有人則沒什麼本事。

有些人的彙報鉅細彌遺，有人則言簡意賅。這些象徵著**未來保障**的兌換券堆在一起，簡直價值連城！

老實說，菲利普・諾瓦克稱不上是一名出色的線報者。切爾尼在與他合作的最後兩年時間，諾瓦克並未竭盡所能貢獻情報。他只寫了五封揭發信，而且都只提供一些無關痛癢的雞肋資訊。整體來說，在新政府眼中，諾瓦克因為當時的被動蒐證態度，而沒有被秋後算賬的必要。在他的紀錄中，唯一的污點是在兩人合作第一年諾瓦克供出一個信差的名字。對方是捷克斯洛伐克的移民，定期祕密返國傳遞情報。這個人在與反對派見面時被突襲並遭受逮捕，最終被判八年有期徒刑，在服滿超過一半刑期後，才被驅逐出境。

舊政權垮臺後過了一段時間，帕維爾．切爾尼發現「畢雷克」．諾瓦克並沒有失去方向。這名記者有感於政權風向改變，在八九年的事件中圓滑轉向，對示威群眾輸誠。[3]他面對這個時代轉折的柔軟身段，為他日後迅速且暢行無阻的升遷帶來一定影響。短短三年內，諾瓦克已經成為一名政治司法類雜誌、採訪以及紀錄片製作的負責人。幹得漂亮！帕維爾．切爾尼靈光乍現，想到也許有機會找他合作。

事實上，他曾花費幾天鼓起勇氣拿起電話，好幾次試圖聯繫對方，「請問我可以和諾瓦克先生談幾分鐘話嗎？」

然而，每次秘書都以不同程度的禮貌言詞打發他，表示諾瓦克先生在外面開會，或臨時有約，或在休假。幾週後，這名偵探的耐性到達極限。應該使出最後籌碼了嗎？他在下定決心前曾猶豫許久。最終，他跟這名一再告知不需繼續致電的秘書表示，他只要求轉達一個明確訊息：

「告訴他事關重大。能否請諾瓦克先生盡快回我電話？這關係到他曾經很熟悉的一個人：畢雷克先生。」

這兩名男子約在老城區一家酒吧見面，喧囂聲掩蓋他們口頭上談定的確切合約內容。「諾瓦克先生，請別誤會，我絕對沒有對您進行任何形式勒索的念頭……」偵探向他保證，即使舊檔案未來會被解密，諾瓦克也無須憂慮，因為他將檔案安放在銀行的保險櫃中避人耳目，以善盡保護的義務。看吧！您可以自此高枕無憂，當然，我也不會求取什麼回報。嗯……只是一點工作。一開始諾瓦克還很抗拒，裝出道貌岸然的樣子，表示被冒犯了，「您怎麼能這樣，我不會吃您這一套的……。」

「提供情報給當局是一回事，畢雷克先生，」帕維爾・切爾尼話中有話說道。

「但像您這樣，懂得如何將提供的情報進行金錢交易，那就是另外一回事。您還真是厲害呢……」

「我絕不允許您這樣說！」諾瓦克斷然阻止道。

「不不不，您會允許的。而且無疑地，您**必須**允許我把話說完，畢雷克先生！您應該不希望有人非議您美麗的房子，或者您那棟坐落在特羅亞山丘，能俯瞰整座葡萄園，每個夏夜都會在屋頂露臺款待專業人士的頂級別墅吧？站在露臺上能眺望蜿蜒小徑，更遠處有一座大教堂，黑山之後是白山。您不會希望有人嘴碎道，『這些房產應該不只來自舊政權的記者薪水（那是神蹟吧！）』而是透過您供出——對不起，我其實是指您出賣的人們——經歷的牢獄歲月和刑求虐待來換取，畢雷克先生……？」

如此這般，只要逮到機會，帕維爾很樂意將他驚人的記憶力與身為前特務的專業技能分享給電視臺與記者，或任何想獲取他隨手可得，並且能夠火數奉上的情資的人士。

不到一兩年時間，帕維爾．切爾尼就對公共電視臺展現他身為萬能總管的多元超凡能力。無論是藏身、尾隨或蒐集各種線索，諾瓦克謹慎利用他，並稱他為自己的「祕密武器」。當路德維克．斯拉尼提起需要有人監視薇拉．福爾蒂諾娃時，諾瓦克的回答如同推理小說對白，「我手邊正好有你需要的人。」

帕維爾．切爾尼一直自詡為跟監專家的第一把交椅。在他位於斯盧納（Slunná）的簡陋公寓中，他還建立一個名為「跟蹤博物館」、被他號稱是業界獨一無二的小天地。具體來說，這個博物館佔據儲藏室中一個櫥架，架上擺滿一排排鞋子。從進入這行以來，切爾尼珍藏所有使用過的鞋子，並按照時間順序整齊排列。每雙鞋子就像墓碑上的墓誌銘一樣標誌兩個日期：開始使用與退役的日期。他半認真半開玩笑表示，他的記憶，尤其是職涯諸多回憶都被妥當存放在雙腳。在櫥架第三層中央，有一雙他從一九七九年到一九八〇年間透過黑市購買，被他認為最知名的深灰綠色英式高筒靴。

那是一雙具有傳世價值的鞋子。切爾尼對鞋子上遺留的往日征途與追蹤印記充滿深切敬意。它的柔軟度簡直無與倫比！在《七七憲章》的年代，[4]那雙靴子是多麼寶貴的記憶資產。當時它在悲慘的呻吟聲中舉步維艱前行。當這雙鞋磨損到無法修補的地步，要將它從此束之高閣是切爾尼做過最艱難的決定。

話說，當切爾尼首度開始追蹤目標人物那天，他只收到兩張蹩腳的報導照片。照片畫質粗糙不清，而且都是正面照。他其實更需要背影、側面或斜角拍攝的照片。這名偵探努力辨識對方那張平淡無奇的大眾臉。薇拉．福爾蒂諾娃完全沒有什麼記憶點，她留著五十幾歲捷克婦女的髮型，加上那身典型社會主義式服裝，讓她能完美融入人群中所有路過的婦女。這個再普通不過的身影，似乎專門設計來逃避跟監，讓偵探因此惴惴不安，卻也同時精神為之一振。真正的挑戰終於來了，他被要求跟蹤一名不具識別度的婦人，多虧有她，切爾尼重新燃起對自己行業的熱情。面對難關、未知與風險，他感到一股神經緊繃的刺激。

那天傍晚六點在民族大道上的擁擠人潮，[5]為切爾尼提供一個絕佳的熱身機會。他努力記憶薇拉的舉止儀態和步調，即便在這部分她也沒什麼獨特之處。而深秋的傾盆大雨更增添任務困難度，行人各個低著頭，豎起大衣領子形色加快腳步。數以百計的華達呢風衣、雨衣、大衣和褪色的舊皮夾克，從狹窄的容曼諾大街、納穆什圖、瓦茨拉夫大街，以及納普里科普大街湧出，四面八方蜂擁匯聚至此。

爭相擠出的人群彷彿亂竄的母雞般擠在一塊，形成一道屏障，阻隔他與跟蹤目標間的視野。幸運的是那晚她忘記帶傘出門。有時當他筋疲力盡，已無力繼續追蹤她時，他甚至會淪為自己滿腦子妄想症的獵物。彷彿這一群帶著斯拉夫語調的熙攘人群，故意吞噬她的身影，讓她有逃避跟監的時間，並在偵探監視範圍外另覓空間將她吐出。眼前的情況幾乎超自然，他無法相信自己眼睛，完全沒意識到自己被這種緊迫又潮濕的嘈雜人群搞到精神恍惚。最終，他在慕斯德克車站附近失去她的蹤影，她有可能被地鐵口吞沒，或被人潮劫持。

這一天的跟監工作可說無功而返，但明天躲貓貓遊戲還是得持續。噢，沒錯！如果十年前有人跟未來不再擔任特務，只能扮演私家偵探的他提起這件事，他是不會相信的……而且絕對不會接受這段前途預言。

話說回來，關鍵點是如果有人明確告訴他，他將被指派跟監一名自稱能藉由亡者傳聲，記錄蕭邦死後遺留樂譜，並已準備據此發表鋼琴專輯的婦女；加上這名女性的相貌平凡，卻能吸引媒體瘋狂追捧，他內心深處埋藏多時的奇幻基因必定會被喚醒。切尼爾綜合各方考量，依然覺得未來似乎值得期待。是的，如果有一天他能被派去跟蹤那名聲稱受到已故作曲家造訪的女人，他會十分受寵若驚……是那位聲名遠播的已故音樂家呢！這頓時將他從那些鎮日在酒館廝混到打烊的反對派分子中拯救出來。

切爾尼在頭兩天的跟蹤中，並沒有發覺任何可疑之處。偵探努力不跟丟視線中的身影，對方時而進入各類食品店，時而進入百貨店、藥妝店購買一些零星商品，一切行徑看似家常瑣事。然後，那個無聊到讓人想打瞌睡的背影踏上歸途，返回住處。這就是帕維爾·切爾尼要向路德維克·斯拉尼傳達的全部情報，後者聽完彙報似乎變得特別焦躁而激動。

然而，有一天下午，一個讓偵探提高警覺的亮點終於出現。當福爾諾蒂娃信步走在民族大道，她突然隱身閃進二十二號並上樓，在咖啡館一張桌子前坐定。切爾尼背對她坐在稍遠處，但透過牆面鏡子反射，目光始終沒離開過她。

沒有人來和她會晤，一個小時就這樣過去了。她翻看報紙、查閱筆記本，旁觀一群客人打撞球。也許她跟切爾尼一樣是撞球的門外漢，但那群人打撞球的姿勢與專注態度，必然有什麼吸引她的地方。是他們不疾不徐的動作嗎？還是獨門的致勝秘訣？由於室外天候不怎麼溫暖，偵探即便沒有看見像作曲家的人物現身，依然樂於享受片刻停歇。那名女士啜飲一杯加了鮮奶油和蛋酒的熱巧克力，他則啜飲一杯又一杯費內特利口酒，[6]這讓他有充裕時間慢慢端詳**大眾臉夫人**的面容。即使在遠處，他也看得出對方應該年過五十，肯定是上了年紀的長輩。沒錯，她的實際年齡或許還多個十歲，因為她全身穿著顯得老氣橫秋。她並不算是特別有魅力的人，但切爾尼忍不住仔細打量她。前晚，她在慕斯德克地鐵站成功甩掉他，那可不是隨便哪個人都能辦到的事。他為此對她心懷怨恨，也對自己感到生氣。不過歷經那次自尊心受創後，他在心中和對方和解，因為她引發他的興趣。就像獵人喜歡在茂密灌木叢中追捕獵物，偵探也對這名跟監對象油然而生一股敬意。跟蹤者和被跟蹤者間的關係真是微妙。他的獵物成功用背影催眠他，引他上鉤。從現在開始，他感覺不再被任務束縛，而是與她連繫在一起，準備跟隨她去任何地方。是的，他與她休戚與共，與其說是出於謀生需要，不如說是因為有條肉眼看不見的細繩，將捕魚者和獵物纏繞在一起。

沒有人來和她會面，她只與眼前那杯熱巧克力有約。太可惜了！莫非她是受到某位亡者召喚，邊小口啜飲邊與他溝通交流？透過大型鏡面反射，他幾乎從未將目光從對方身上移開。偶爾，他還是忍不住看看自己在鏡中的面孔，仔細打量自己是否毫不違和融入這家高檔咖啡館的顧客中，還是會顯得格格不入。通常，他的中等身材與在本地常見的棕色頭髮讓他很容易被無視。切爾尼的外型平凡無奇到常常沒人記得他是否曾在會議上現身。因此，如果不是深受先天神經痙攣困擾，他的所有外在條件其實都有利於朝自己口中的**完美跟蹤者**發展，就跟我們所說的完美犯罪概念相同。這類痙攣在他青少年時期發作過，之後平息好一陣子。但在去年離婚後，他的神經痙攣又從漫長休眠中死灰復燃。他愈是努力壓制，就受到愈強烈的反撲和嘲弄。如果把它們從大門攆出去，它們就會從窗戶爬回來。切爾尼不禁想，終究有一天它們會全面侵噬他。

♪

翌日清晨，切爾尼把藍綠色的Škoda 100汽車停在婦人家附近（沒有人——包括業務本人——能說清楚這台車算是藍色還是綠色，切尼爾自己也難以下定論）。

他事先用保溫瓶準備一壺咖啡，預料到自己即將在這裡長時間等待。當天晚上溫度已接近結冰點，剛進入十一月的隆冬不會對他手下留情。

九點，九點三十分，三十五分，九點四十分。就在他做好心理準備，要在充滿汗臭的車子裡苦候整個上午時，她出現在自宅大門前。這一回她沒有忘記帶傘。他下車並以適當距離尾隨。她是要搭電車，還是要搭地鐵？那天是諸聖節的早晨，[7] 切爾尼推測她將前往掃墓，而且沒有猜錯，但他的沙盤推演顯然不足以掌握完整線索。

福爾諾蒂娃走在尤格斯拉夫斯卡街，接著往上走到和平廣場站，在這一站搭乘地鐵。片刻後，當她在芙蘿拉站下車時，切爾尼心中已有較明確的判斷。她購買了一束歐石南花，步伐堅定走向偌大墓園的石子小徑。切爾尼緊跟在後，迅速結賬甚至沒有等待找零，以免失去她的蹤影。幾分鐘後，她將花束放在一座墓碑前。那塊墓碑上鑲嵌一名表情嚴肅的男人照片，上頭寫著：喬・福爾蒂諾，一九三八—一九八四年。她的丈夫已去世……帕維爾・切爾尼躲在樹後面，透過他的蔡司高倍數望遠鏡觀察這名寡婦。她輕輕拂去墓碑上的灰塵，從一個袋子裡取出幾支放在玻璃罩內的白蠟燭，將它們分散放在墓碑各個角落，用打火機點燃。

她輕輕闔上小金屬蓋子，靜默整理好情緒，似乎覺得時間差不多了，然後將一只舊花盆扔進小徑盡頭的垃圾桶。某個細節引起偵探的注意，在她第二個塑料袋裡……有其他蠟燭。

薇拉重新返回地鐵站搭車，但這回她沒有在和平廣場站下車，而是繼續搭到小橋站換車，[8]然後改搭B線到查理廣場。[9]「噢噢！」切爾尼心中驚呼，但他暫時不急著將疑點抽絲剝繭，而是緊跟著她在拉辛河堤上漫步。

當她離開奧爾沙尼墓園時，切爾尼看見遠方天空烏雲密布，聚集成巨大的雨點驟然降下。這場遲來的暴風雨終於在隆冬之際爆發，冰雹紛亂地砸在人行道。他努力不讓福爾諾蒂娃在瞬間綻放的雨傘花海中失去蹤影。她轉進凡尼斯拉沃娃街，過了鐵道橋，至此跟蹤都還順利。但幾秒鐘後，她卻在利布希納街上失去蹤影。該死，找不到她！偵探咕噥著，她又要逃出視線了。街道彎曲綿延，他朝弗拉蒂斯拉沃瓦街瞥一眼，似乎看到她的身影。會是她嗎？這時一陣狂風吹翻了那把可疑的雨傘，讓切爾尼確定就是她。自從監視對方出門以來，這已不是福爾諾蒂娃第一次從他眼中短暫消失。切爾尼已經習慣這種間歇性的尾隨。然而，每當這種情況發生時，他還是忍不住一陣背脊發涼，直到那個身影再次竄出。

薇拉走進一家販售食材的小店，這讓他有些許喘息時間。他點燃一支香菸。那名記者要求他在白天找到機會就要盡快回報，他看到對街有一個電話亭。

鈴響兩聲後，有人接起電話。

「路德維克．斯拉尼嗎？」

路邊警笛聲掩蓋了他幾秒鐘的聲音。

「是我，切爾尼！」他大聲喊道。「我勉強擠出一分鐘跟您回報，她剛進了一家商店，您這位客戶腳步飛快，讓人不容易在人群中掌握她的行蹤……是的……今天早上，她十點前離家，去奧爾沙尼墓園給她丈夫的墳墓獻花，那是上午唯一的行程，沒有其他特別的……不過有一件事讓我很好奇。我看到她放了一束花、清掃墓前的枯葉，然後就定格在那裡半晌，像是在默哀一樣。我不知道該怎麼具體說出我的疑惑。」

「這有什麼不尋常的嗎？那不就是她丈夫的墳墓？」

「話是沒錯，但她也說過，蕭邦不是唯一在她面前現身的亡者，對吧？從她童年開始，她就持續受到亡靈拜訪。可是您不覺得奇怪嗎，她在墳前停留那麼長一段時間，可是或許在前一天晚上或早上，她就已經在家裡**看過**她丈夫，而且還與對方**交談**。她去丈夫的墳墓前獻花，這點可以讓人理解，但在墳前逗留這麼長一段時間……」

切爾尼這番話讓路德維克也陷入困惑。

「畢竟她不能只去放了花束就轉身離開吧？」

「她駐留在墳墓旁邊前，已經花了五分鐘清理墓碑、刮去苔蘚……」

「她陷入很長的思考時間嗎？」

「我沒有計時，但少說也有十幾分鐘……什麼？我說十——分——鐘！然後，她又重返地鐵站……搭——地——鐵！她在查理廣場下車……糟糕，她從店裡走出來了……我說，她——又——現——身——了，果然不出我所料！她正往……我要快點掛斷電話了，等方便時我再回電給您。」

切爾尼繼續穿越高堡，[10]然後穿過紅磚之門進入堡壘。他現在證實第二個塑膠袋的用途了。那個身影走上階梯，沿著圍牆走進墓地。福爾諾蒂娃還會有哪一名舊識長眠於此？他目送她向前走約二十公尺。那天雖然是諸聖節，當地依然人煙稀少。切爾尼越過斯拉溫紀念墓碑，[11]看見她停在圓穹拱廊附近。他一邊目不轉睛緊盯著她，一邊在墓碑、樹木、常春藤和十字石碑的掩蔽下小心移動腳步，然後往後閃躲到一旁。他假裝好奇在墓碑上尋找一些知名人物的名字，但其實無論是斯拉維克（Slavík）或奈茲瓦爾（Nezval），他對這些名號都不感興趣。這個女人到底來這裡做什麼？來找什麼人？切爾尼確認自己辨識出她徘徊的那座墳墓，接著輪到他佇足。一陣清風拂面，傳來遠處的汽車喇叭聲。

這對休戚與共的拍檔就這樣再度停格，他們分別是一名身穿深色大衣、約莫四十多歲，半隱身在十字墓碑樹林的男子，以及一位頂著萬年不變老派捲髮、年近六旬的蒼老婦人。

這名身穿灰色外套的女士在那座墓前踟躕幾分鐘，接著起身離開。私家偵探小心翼翼靠近墓前，唯恐她突然想起什麼又折返回來。但事實並非如此，她步履堅定朝墓園側門走去。

薇拉停留的第三十八號墓穴，比鄰近的墳墓要老舊許多，維護狀況也不太好。雖然她大概清掃過，但沒有拔除那棵裂成兩半的老樹樹腳下一大片雜草。那塊墓碑的石板上布滿青苔，歲月的淬鍊讓碑石積累斑駁的痕跡。她點燃一支蠟燭，燭光在金屬燈罩下顫動。那是一塊簡樸的墓碑，沒有像周圍其他墓碑的陶瓷板上印著亡者照片。在此長眠的人彷彿沒有臉孔。

突然間，偵探隱約察覺自己目睹到不尋常之處，忍不住發出一聲驚呼，用手摀住嘴巴。他本能轉頭望向小徑盡頭，彷彿那名女士正在遠處窺伺驚恐的他，並暗自竊笑。然而沒有，她早就消失無蹤，繼續踏上神祕旅途。在悄然露臉的慘白陽光下，帕維爾張皇失措，他從手提包掏出一台拍立得相機，仔細取景後按下快門。照片的畫質可能很差，但這已無關緊要。

1 聯覺（Synesthète）是一種非病理現象，意指混合感官的罕見能力。當一名聯覺者受到其中一種感官刺激時，會同時引發一種或多種感官的即時反應。例如在看到特定文字時，同時感知到色彩或氣味；或看見別人被觸摸拍打時，自身也產生反應。普遍來說，在每兩千人中才會出現一名聯覺者。

2 李希特（Sviatoslav Richter，1915-1997），出生於烏克蘭的蘇俄鋼琴大師。李希特以其精湛的彈奏技巧，被世人譽為「二十世紀最偉大的鋼琴演奏家」。

3 此處指的是發生在一九八九年十一月十七日的「天鵝絨革命」。當時，大約有一萬五千名學生聚集在布拉格街道上，抗議共產主義政權的一黨專制。這場為期不到十二天的民主變革，一開始只有學生參加示威遊行，但到了十一月二十日，在短短三天就有五十萬人湧入布拉格街頭抗爭。最終，在十一月二十九日，捷克斯洛伐克正式終止共產黨的統治。由於這起抗爭事件未經大規模武裝衝突，政權以和平形式更替，有如天鵝絨般平滑，因此得名為「天鵝絨革命」。

4 《七七憲章》（Charte 77）為捷克反體制運動的象徵性檔案。一九七七年一月，二百四十一名捷克知識分子與各階層領域人士，共同簽署與發布這份要求保護基本人權的宣言，目的在為工人爭取普選權。為了維護《七七憲章》主張的人權原則，簽署人前仆後繼挑戰共產主義專制統治十幾年，直到八九年捷克前政府垮臺為止。

5 民族大道（Národní）為布拉格新城區（Nove Mesto）最繁忙的街道之一。這條街道擁有布拉格最知名建築，包含國家劇院、捷克科學院、烏蘇拉教堂等，街上也有眾多酒吧與餐廳，是一條熙來攘往的知名觀光大街。

6 費內特利口酒是一種藥草苦酒，酒精濃度高達四十五%。這種飲品以葡萄酒為基底，加入焦糖與各種草藥。飲料的確切成分和比例取決於製造商，但在經典版本中必須含有藏紅花、蘆薈、大黃、洋甘菊、荳蔻、牛至與沒藥。

7 諸聖節（la Toussaint）為天主教、聖公宗與東正教共有的節日，每年在十一月一日舉辦，是用來紀念諸位聖徒的國訂假日。在這一天，所有商店、政府部門、學校都會休息，人們會前往墓園點燃蠟燭或奉上菊花，來紀念已逝故人。

8 小橋站（Můstek）是布拉格地鐵A線和B線交匯的車站，此站是一轉乘大站。

9 查理廣場（Karlovo náměstí）為布拉格新城一座廣場，也是世界上面積最大的廣場之一。

10 高堡（Vyšehrad），全名為維謝赫拉德城堡，位於布拉格新城區南方。高堡區由於地勢較高，從十世紀開始成為軍事要塞，並作為皇室居住地。高堡據稱為布拉格最早發展的地區，同時是許多捷克歷史名人，例如新藝術繪畫大師慕夏（Alfons Maria Mucha）、「波西米亞音樂之父」史麥塔納（Bedrich Smetana）長眠的地點。

11 斯拉溫（Slavín）是布拉格高堡墓園（Vyšehrad Cemetery）中的一座陵墓。這座墳墓是為了紀念在一九四五年四月二戰中，為解放該城市而犧牲的蘇聯士兵而建造。墓中埋葬著許多著名的捷克名人。

第八章

「達娜，在一九九五年，諾瓦克託付給我這部紀錄片時，無論電子郵件、網路，或那個像蜘蛛般纏繞地球織出的大結網都還不存在，那大大簡單化我的任務。在與薇拉．福爾蒂諾娃初次訪談後，我意識到這女人構想出一個天衣無縫的計畫，我們只能透過祖先傳承的傳統間諜方法，才能搞清楚她的把戲。我想知道她在活人的真實世界和誰往來。諾瓦克和我有同樣觀點，我們認為一名出身如此卑微、彈鋼琴時就像一名搬運工的婦女，身後不可能沒有共謀。蕭邦的音樂如此繁複，實在讓人難以想像她如何那麼逼真模仿彈奏，甚至創作出數百首偽經典作品。不可能，福爾蒂諾娃必定只是這場精湛藝術騙局的冰山一角，我決心揭穿一切。從那時起，我的工作變成一場解謎尋寶遊戲。諾瓦克願意給我寬裕時間和必要資源，因為他告訴我，我們必須做出有別於其他媒體的事：那就是不以條件式語態進行評論，[1]避免讓報導流於浮淺。以白話文來說就是別輕易上當受騙！

諾瓦克一再強調要摒棄條件式語態，我們提出的一切論述都必須經過驗證。這個計劃讓我熱血沸騰，並很樂於投入這種工作氛圍。在職業生涯中，我終於有機會按照夢想中**毫不馬虎，深入核心**的理念善盡職責。」

「是的，諾瓦克和我所見略同。難道這是羅曼帶給我的正面影響嗎？他總能以敏銳眼光洞悉事物，並讓我充分接受他的觀點。諾瓦克給我的是很真誠的感覺，我很快就打消之前對他的懷疑。他給予我充分自由，而且似乎不打算傷害我。當初我胡思亂想、唯恐掉入陷阱的念頭都不再成立。若不是因為身兼編輯部領導工作，若不是因為無法暫時卸下職務幾個星期，以便親赴現場，諾瓦克其實很渴望親力完成這部紀錄片。他給我的不是一顆毒蘋果，而是一份真正的禮物。該停止被害妄想了！這一切都與我的伴侶姿德恩卡無關。某種程度上來說，我將代替諾瓦克上場，他對我充滿信任，將我引導到他想抵達的境地。我相信他對我的瞭解可能比我想象中還要深刻，才會因而相中了我。他會特別強調我的科學思維，充其量只是一個藉口……在他手中，我應該只是一隻溫順的小木偶。」

「諾瓦克和我構思一個密切監控所謂**靈媒**的方法，透過郵件、電話追蹤她的訪客，無論她出門去哪都尾隨其後。我們就不信她還能使用哪些料想不到的溝通方式……那一名精於**模仿**創作的人必定是個詭計高手。不管出於何種原因，他（或她）都在竭盡所能避免伎倆被識破。」

「一九九五年無疑是電腦史上的草創時期……當時科技只處於起步階段，我們因此能用土法煉鋼的手段，對付這個招搖撞騙的人，沒有電子郵件要監控……達娜，當主政者像分糖一樣把捷克斯洛伐克一分為二時妳當時多大？這一切對我來說都恍如隔世，已經過了二十年。那是個陌生的年代……我們都陷入茫然無措，摻雜著喜悅與未知。我們在前一晚入睡時只有一個國家，然後一夕之間，當我們醒來時發現自己橫跨兩個國家。這個國家才剛被一分為二，就像單細胞生物通過分裂繁殖，將捷克人和斯洛伐克人分離。遺憾之情因而在心中悄悄發酵。

值此同時，我不得不面對福爾蒂諾娃女士和她從冥界捎來的訊息……我對真正的她幾乎一無所知，認識的只是那位對音樂外行的家庭主婦與食堂清潔工。蕭邦這種盲目的選角還真讓我有點興奮。這個案子變得愈來愈引人入勝。」

「諾瓦克賦予我完全的自由去執行一項堪比冷戰時期的監控行動，臥底、尾隨……等等。然而，我知道單靠這些監視行動可能還不夠。

我們將全力以赴。在諾瓦克授權下，我們必要時不惜採取一些遊走法律邊緣的措施。諾瓦克認為竊聽電話應該不成問題，只需請求情報部門支援。他們或許會透過提供一點幫助，日後來換取一些我們反饋的內幕消息。還有，諾瓦克不斷提醒著：信件！不要忘記她的信件！他已經完全投入這個行動，如此無所不用其極。如果我們還無法釐清真相，那就真是見鬼了！」

「達娜，我比妳能取得更多的優勢在於，我是在一個局勢還不明朗的時期展開行動。那段時期行賄、收買是司空見怪的事，也是各領域中的生存法則。共產主義時代的陋習還沒完全被政局革新後的法則取代。我擁有的一點迴旋餘地是妳所沒有的。妳必須遵守遊戲規則、尊重他人的隱私、奉公守法，更別想再買通政府官員或警察，換得他們睜一隻眼閉一隻眼……。」

「回想起來，我在絕佳的時間點完成那部紀錄片。再早十年，由於顯而易見的原因，那是讓人根本不敢想像的事。倘若再晚十年，那些操作也會變得更困難……我講這些不是要打擊妳的士氣，達娜。妳帶著初生之犢不畏虎的衝勁入行，對這個瘋狂的行業比我更有使命感，這是值得稱讚的。然而，我必須警告一件事。當妳愈對福爾諾蒂娃這名女人產生興趣，會愈發意識到那個將她與凡人隔離開的隱形屏障有多大。

日後妳會回想起我曾提過的這次**光榮的挫敗**。妳還年輕，這番話語象徵的重量與意義，對妳我來說不盡相同，就像此刻我們盤據暢聊的這張桌子，在我們之前曾聆聽成千上萬次對話。喝了啤酒讓我打開話匣子，今晚我就來說說從我入行以來，最讓我受教匪淺的**失敗**經驗，那也是在我窺探別人隱私的經歷中，對自己有更深瞭解的一次。這裡要說的不是我自尊心的**挫敗**，那又另當別論。我想談論的是這部如海克力斯一般龐大的紀錄片工程。即便我最終完成了它，但且容我娓娓訴說其中的詳情。我要跟妳分享的是我私人的部分，只有面對危機、時時提防墜入深淵，才有不斷往前推進的動力。」

「羅曼認為我對事物過於戒慎恐懼，覺得我和諾瓦克只是在自尋煩惱。他一直建議我簡單看待事情，但我對**簡單**這個詞不太理解。『你在預設一種陰謀論，但其實背後沒有任何陰謀』，他堅持表示。哦，他很清楚我傾向一種預設立場，而且堅持不讓步。他語帶保留與委婉的說法，只是不想激怒我。『所以，根據你的說法，她每天下午與蕭邦會面，共進下午茶。喝完茶後，他就傳述他的最新作品給她聽。』有一天，我終於感到厭煩這麼回應他，我這名攝影師含糊其辭回答，『也不盡然是這個意思，別誤會了。不要誇大扭曲我的本意……。』

『我只是試圖理解你提及**簡單**的具體意思。』

『在你想像的詐騙與亡靈造訪之間，或許存在一個灰色地帶。會不會有其他可能性？』」

「例如什麼可能性？」（這時，被好奇心驅使的達娜提出疑問。）

「達娜，我耗費很長時間，經歷無數危機時刻，也不斷遭受質疑……我確實花費很長時間來擴展自己的包容度……奇妙的是，經過那麼多打擊，我們的思想竟然變得日益靈活。軀體隨著年紀漸長變得僵硬，心靈卻變得柔軟。『例如什麼可能性？』妳問道。可能在妳還沒有暢飲啤酒、聽我娓娓細說始末前，無法對這一路以來發生的事有清晰的想法。妳終究會發現，今天我要陳述的不是事件絕對的真相，而是一種**解讀**的開端。妳會得知我在紀錄片中沒透露的事，一段我想保留給自己的內容。妳的微笑鼓勵我深入交代情節，我好喜歡這樣的笑容。我就臣服於這個微笑，繼續說下去吧！」

1 法語中的條件式（Le conditionnel）是用來表達與現實相反、猜測、不確定或婉轉的語氣，在法文文法的六大語態中，條件式常應用於口語或書寫表達未經證實、尚存變數的資訊。

第九章

那天早上，路德維克本來希望在去薇拉．福爾蒂諾娃家前，能先讓攝影師看看偵探在墓地拍攝的那張照片。但攝影師事先告知因為特殊狀況，這次無法準時赴約，並請路德維克和薇拉事先布置好拍攝場景。他表示大約二十分鐘、最多半小時後就會趕來，並為此致歉。路德維克一直對那張照片感到困惑，用指尖輕撫著存放在口袋的照片。他在每天三點十五分固定失眠的時段（數月以來，他都莫名會在這個時間醒來，這是失眠者最艱困的時間，在五六點前他們都難以再入睡），一直反覆思索是否該開門見山把照片秀給薇拉，並用攝影機拍攝她當下反應。那些跡象能由表情和眼神窺伺出來。他到底要不要這麼做？

如果冷不防向她展示相片，確實會捕捉到媒體這一行術語中所謂的「亮點畫面」(belles images)，但那同時等於揭穿對她的監控行徑，此刻要亮出底牌還太早……還是他該先按兵不動，除非能很快真相大白？

不，最終路德維克突擊薇拉的驚天之舉是另外一招。他在兩人第一次會晤時曾隱約思考過，最近失眠時那個想法又重新在腦海盤旋揮之不去，讓他有足夠時間琢磨。他將出其不意擊潰那名太過淡定的女人，也藉此讓攝影師措手不及。他要用自己的方法讓羅曼為遲到付出代價，並以此宣示他在團隊中才是發號施令的人。這是個冒險的計劃，他得謹慎行動，採取防範措施，以免她產生反感或懷疑別人設計陷害她。

那天他們幾人說好如果她與蕭邦取得感應，就會在攝影機繼續拍攝同時，當場記下蕭邦口述內容。她會依照自己描述的與蕭邦合作的方式謄寫，用鉛筆記在樂譜紙上，而不是直接彈奏出來。

原本，拍攝畫面應該這樣進行。路德維克瞭然於胸，對福爾諾蒂娃來說，假裝自己在和某人交流，並轉錄某段「來自冥界的樂曲」是對她最有力的影像。他深信她會以罕見的天賦演出這一幕。

他的直覺沒錯。羅曼抵達半小時後，當他們繼續進行第二輪採訪，她突然中斷訪問。

「他在那裡。」

「您看到他現身了？」

「看得非常清楚。有時我的感應不太清晰，但現在情況不同。我清楚辨認出他。我來向他提議傳給我一首作品。」

「在那之前，我想要您和**他**提出一個請求。」

這一刻終於到了。路德維克心想，是時候該把他藏在袖子裡的王牌亮出來。他先要求羅曼將攝影機鏡頭對準自己，然後指著掛在客廳牆上，繪製福爾諾蒂娃孩子與已故丈夫的肖像畫。

「薇拉・福爾蒂諾娃，我們注意到您擁有出色的藝術天分，觀眾在這個房間能欣賞到的人像畫就是最好的證明。既然您說此刻蕭邦就在您面前現身，並能清楚看到他，我提議進行一場小實驗，如此可向那些質疑您的人證明誠信。如果您的訪客稍微有耐心願意配合，能否請您把今天早上看見的對方樣貌畫出來？」

攝影師露出不可置信的錯愕表情，薇拉則保持著她一貫的鎮靜，搪塞說她缺乏作畫所需材料。

「您知道，我不再畫畫了……這些年來我完全中斷創作，可能已經什麼都不記得……而且因為我已不再作畫，手邊當然也沒有鉛筆或……」

「我已經為您準備好需要的一切，」路德維克從他的手提袋中拿出必要的工具，硬生生打斷她說。「最重要的是，請您慢慢來。正如我剛剛所說，我們的目的只是捍衛您的誠信……。」

「好吧，」她沉吟幾秒後同意，「但我不能保證能畫得很好。一直以來我都只是業餘愛好者，依據照片繪製肖像的素描讓我有比較充裕的時間，但我從來都沒有讓人靜止不動，等候我側寫他們……。」

「此刻您的模特兒有著永恆靜止的時間，」路德維克忍住差點衝口而出的回應。

她不得不接受提議。路德維克對這個陷阱深感得意，羅曼倒是沒表示異議，否則路德維克會毫不猶豫出手將他壓回座位上。

拍攝工作終於開始了。

路德維克對這名作畫者專心注視的空虛點充滿興趣。彷彿要讓人相信那不存在的模特兒就站在門框邊，薇拉的眼睛不斷在紙上和那個不存在的點之間來回移動。據此記者直觀認定：她真是一名十分留意演技前後連貫的冒牌者。

路德維克觀察著薇拉在畫紙上來回勾勒的左手，以及她專注凝視那個空虛點的雙眸，估計那個點位於地板上方約一米六或一米六五的高度，他既訝異又對自己感到惱火，心中竟一度興起想去作曲家的生平傳記中查找身高的念頭。這讓他相當懊惱，當他起心動念要核對蕭邦身高時，就代表自己已經下意識陷入對手把戲……是的，他為失去理智判斷力感到自責，即便只是在一瞬間失控。在一陣煩躁過去後，他幸災樂禍旁觀她用橡皮不斷擦拭，顯得舉棋不定。看來她已經感到侷促不安，無疑正在苦思尤金・德拉克羅瓦（Eugène Delacroix）或安東尼・科爾伯格（Antoni Kolberg）曾為蕭邦繪製的肖像，以便順利完成這次挑戰。她心裡在咒罵吧？路德維克願意付出高昂代價，只要能取得當下她內心小劇場的腳本。

在被逼到牆角時，她是否會以牽強的藉口中斷錄影？可能託辭自己無法保持長時間專注，而且溝通頻率不太順暢？要不就是辯稱蕭邦顯現的輪廓變得太模糊，無法精準繪製身影，就像短波電臺的音頻時而消失、時而重現般斷斷續續。或者她會表示自己的視覺迷茫，因為蕭邦藏身在一片煙霧氤氳的玻璃後面。

然而，薇拉一言不發。她的目光始終凝望同一點，時間分秒流逝。紙張微微發出窸窸窣窣的摩擦聲。

她在奮力一搏。路德維克沒有想到她能堅持這麼長時間。從坐著的椅子視角，他無法一窺畫紙上的動靜（他不敢站起來，既怕干擾到對方，也不想承擔突然中斷攝影的罪責），只能在虔誠的肅穆中聆聽微小的聲音，那類似昆蟲爬動或地震儀的探針摩擦的聲響。他從座位上看到的進度，只有那名女人的臉部變化：她的眉頭深鎖、額頭皺起、眼睛瞇著。那如同浮雲掠過麥田般迅速在她臉上浮現的表情不乏疲憊、洩氣，甚至一絲迷茫沮喪。無論如何，路德維克不得不承認薇拉真是一名演技派女演員，此時他察覺公寓裡瀰漫紫丁花香。

過了一段時間，薇拉終於打破沉寂：她決定只勾勒出輪廓，並大概描繪其餘部分——髮型、耳朵、在層層圍巾包裹下的頸部。這樣可以嗎？路德維克輕輕點頭表示同意。他不想從潰敗中解救她，就讓她陷入困境吧！讓繳出的白卷像流沙般吞噬她！女人額頭上突出的皺紋，顯示出她愈發明顯的慌張。然而，她仍然在硬撐，而且似乎恢復剛開始時的專注，就像被挹注一股新的能量。她眼中不時重新燃起一道道光芒。

屏氣凝神好幾分鐘，她保持背對眾人姿勢，開口說道，「我想我應該有補捉到他的神韻。眼睛總是最難畫的……眼睛和嘴唇！只要能掌握這兩個部位，其他部分就會自然而然顯現出來……請你們看看這樣可以嗎？」

她邊說邊向他們展示畫紙，完全無視仍在運轉的攝影機。當路德維克看到畫紙上逐漸成形的部分肖像臉部時，不禁心頭一震。薇拉不僅是一名出色的演員，而且繪畫功力寶刀未老。他無法確定那雙眼睛是否真的屬於蕭邦，但它們確實屬於某個人，而非她純粹虛構出來複製在紙上掩人耳目。當她轉身繼續投入畫作時，記者的心情有些五味雜陳。他預知接下來不會有什麼好兆頭，心情變得焦躁易怒。目前為止，薇拉還只是為蕭邦做出「前奏曲」。眼睛，鼻翼……現在，她說，要開始畫嘴巴。

她沒有拖延太久，彷彿如她所說，一旦成功攫取到眼睛的神韻，其他部分就自然到位了。薇拉從虛無中攫取的每個元素都一一躍然紙上，如同在顯影液下逐漸現形。她在畫出嘴唇後又添上眼睛、精修了鼻子的輪廓，可能感覺鄰近五官的其他部分沒那麼重要，她隨性描繪一下頭髮、耳朵和頸部，然後把努力的成果遞給路德維克，面露微笑。

路德維克感覺自己的右手緊握緊著口袋裡的拍立得相片，正準備執行「司法的封印」，但他硬是克制住衝動。復仇的大菜需要再冷卻一下才端上桌。

除非存心帶著負面的預設立場，否則很難否認畫紙上呈現的確實是蕭邦面部的側影：恬淡謙遜的眼神，以及具有識別性隆起的鼻樑。羅曼看到圖像也發出一聲驚呼。最重要的是，被一筆一畫耐心勾勒出的蕭邦，臉上微微流露嘲諷的神情。

快點打破這股令人窒息的靜默……驚愕不已的路德維克需要找些話題填補這尷尬的時刻。

「看起來是稍微年輕時的蕭邦……。」

「我覺得約莫二十七歲，頂多二十八歲。對吧？無論歲數，都是尚未被疾病和痛楚纏身的蕭邦……。」

「在巴利亞利群島休養時期之前……。」[1]

「那應該是介於一八三六年和一八三七年間……。」

「您現在看到的蕭邦外貌是這樣嗎？他現身時都維持這個形貌嗎？他跟您相處時的態度是怎麼樣的？」

「外貌確實一直沒變。他有一雙湛藍明亮的美麗眼睛，至於他的態度，我可以用兩個詞來總結：優雅和彬彬有禮。我不時能感受到他希望我加快腳步理解與記錄他的樂章。但我就是無法達到，跟不上他創作音樂的速度……但他從來都沒有失去耐心，也很少提高音量說一句重話……。

有時候，我們會拿我出的差錯開玩笑，也會笑談日常生活各種話題。我們不只談論音樂……他在世時也是這樣的人嗎？登門找上我的那個蕭邦並不陰沉抑鬱，完全不像一位多愁善感的浪漫主義者。一開始這讓我有點困惑跟驚訝。」

由於繪畫的橋段讓她深感疲累，他們決定將她在鏡頭前聽寫一首樂曲的拍攝計劃延到隔天。在回程路上，路德維克邊走邊低聲對攝影師說，「要如何如此深刻記住一張臉，並精確細膩複製出來？她的記憶力真令我瞠目結舌。你認為呢？」

「她的記憶力？這跟她的記憶力有什麼關係？」

一瞬間，路德維克感到孤立無援。羅曼的工作表現非常出色，但他們在這個議題上的看法完全分歧，這讓他心煩意亂。羅曼怎麼會被薇拉洗腦到這種程度？路德維克腦中充滿疑惑。根據他的判斷，羅曼的理性判斷力已經遭受損害。他失去記者必須保持的客觀距離。也許因為沒有獲得預期支持，他將照片放在羅曼眼前。

「這是什麼？」

「在諸聖節當天，薇拉在奧爾沙尼墓園憑弔完她丈夫後，又前往另一座墓地。她在那裡又憑弔這座墳墓。切爾尼拍下這張照片，但卻理不出頭緒。」

「這個墓碑上沒有刻名字！」

「正是如此！切爾尼非常肯定這不會有錯。她停留在那裡一段時間清理落葉……那塊墓碑就在圓穹拱廊附近，如果要辨識出來並非難事。」

「那是位於高堡嗎？」

「對，就是那裡。」

「你沒有聽她解釋嗎？」

「要讓福爾蒂諾娃解釋？」

「是呀！」

「你說直接表明她被跟監嗎？先讓偵探完成他的任務吧！你看，他已經開始提供我們一些有趣的資訊了。」

1 一八三七年，蕭邦與比他大六歲的法國小說家喬治．桑陷入熱戀。為了遠離城市的喧囂，加上患有肺結核病的蕭邦被醫生勸說，兩人在一八三八年底去到隸屬於巴利亞利群島（Illes Balears / Islas Baleares），當時還鮮為人知的馬略卡島（Mallorca）短期休養。他們在馬略卡島首府帕爾馬一座修道院租了幾間房子住下來，共同度過美麗的「馬略卡的冬天」，並開啟新的創作旅程。蕭邦的《雨滴》就是在修道院的雨夜中創作出來，也為傳記作家提供一篇題名為「馬略卡島之戀」、富有浪漫主義情調的故事。至今，馬略卡島還保留蕭邦與喬治．桑的故居，吸引遊客絡繹不絕前來參觀。

第十章

我們常匆忙翻過生活的扉頁，卻忽略品味箇中獨特的滋味。這些小小的珍寶在還來不及舒一口氣前，就從指縫溜走。我們才稍微瀏覽過這些頁面，就迫不及待想知道接下來發生什麼事，貪得無厭地不斷翻開名為「冬天」或「夏天」、「春天」、「秋天」的下一章，然後進入下一篇幅——「新的一年」。隨著華爾滋、馬祖卡舞曲或預示轉折的序曲節奏，這些扉頁與章節被逐一吞噬……我們陶醉在這些旋律中，如同鐵達尼號的樂團為了取悅乘客而演奏直到生命盡頭。畢竟在等待葬禮展開前，我們需要轉移一下情緒。

蕭邦的影像浮現在素描紙上翌日，路德維克和攝影師在一名音效技術人員陪同下，再回到福爾蒂諾娃女士家中，希望在她接受蕭邦口授時進行攝影。她會不會刻意先背誦一段樂曲，然後假裝是蕭邦傳聲給她？

路德維克看到錄音設備、「小橘燈」和攝影機時，[1]居然忍不住感到好笑。噢！薇拉真的知道怎麼操控這群理性的笛卡爾主義者！她懂得用魔術師最擅長的帽子戲法讓他們瞠目結舌，如果手邊沒有兔子，那就從帽子裡掏出蕭邦吧！好好注視著這架鋼琴……您們沒看出什麼端倪？不過只要再等個五分鐘，就能聽到一首讓眾人嘖嘖稱奇的馬祖卡舞曲……。

他們架設好器材，在一片寂靜中等待開工。路德維克感覺自己化身為蟄伏的獵人，但深知自己在對付的是一隻特別狡猾的動物。路德維克腦中突然閃過「Schadenfreude」（幸災樂禍），[2]這個詞在捷克文中沒有完全對應的同義詞，當此之際，他可能會將該詞彙翻成「看到薇拉．福爾蒂諾娃穿幫時的喜悅」，或者「想像薇拉．福爾蒂諾娃被揭穿謊言後，從媒體視野中消聲匿跡的樂趣」。路德維克腦海中浮現這段描述，因為此刻她正流露出黔驢技窮的神情。

他預料當天撐過某個時辰後，她會假裝無法再感應到亡者，然後建議他們稍候片刻，等到自然界的某些干擾儀器被清除，再重新嘗試連線。如果同步進行的監視工作有進展，或者最終他能看出端倪、揭穿詭計，他便能在影像旁白中說道，各位仔細看，在這個確切的時間點，她假裝在等待一名來自另一個邊境的使者，那是一道連柏林圍牆都相形失色、最堅不可摧的邊境……。

路德維克心裡打著這個主意耐心等候，但同時感覺內心有另一種東西在發酵，那是一種無以名狀的感受——一種剛萌芽的好奇心。在此之前，他腦中從未產生類似想法，他就像孩子第一次在操場邊角的洗手間，從隔板上的小洞窺視外界未知的事物一樣。

薇拉已事先預告，如果攝影團隊在房內進行這些大陣仗的拍攝活動，她無法保證一定能感應到什麼。然而，他們卻沒有苦候太久。不到五分鐘，她便從椅子上起身坐到鋼琴凳，身體前傾，用左手把五線譜本抵在譜架上，開始振筆疾書。她全神貫注寫著，眼光只聚焦在紙張和音符。路德維克觀察這些圓潤而微小的音符輕巧地降臨在五線譜，如同燕子棲身在電纜上。「這是一首詼諧曲，」她對眾人宣布。「我詢問過他有沒有什麼明快、令人振奮的作品，能在今天呈獻給我們……」她用鉛筆譜寫出白音符、黑音符與八分音符，有時，當她理解錯誤時，便會擦掉那些小小的石墨記號。「我問他是否能提供一些線索，證明這首曲子確實是他的作品，例如一些讓音樂學者信服的證據。」

從薇拉數五線譜第幾條線的舉動來看，顯然她對自己不太有信心。有時，她的鉛筆筆尖會在離五線譜只有幾毫米處打住，片刻後，紙張才又發出輕微摩擦聲。路德維克和羅曼幾乎屏住呼吸，生怕一個咳嗽或清喉嚨的聲音，都會干擾她的感應。路德維克尋思道，這其中的利害關係涉及傳世的問題，只有成功將自己的音樂冒充成蕭邦作品，這名不入流的冒牌蕭邦才可能獲得青睞。他迫不及待想傾聽薇拉生產的成果。正在孕育中的樂譜就像一張印有作曲家肖像的偽造鈔票，而這名偽幣鑄造者是否具備天賦，則有待觀察。路德維克開始有些按捺不住，他很快就要聽到薇拉記錄的樂曲，並將它們轉交給專家鑑定。

此時，薇拉不再停頓。她勾勒著音符、八分音符尾巴以及將它們連起來的線條。她的節奏居然如此流暢規律，讓路德維克深感驚訝。她在五線譜稿紙上揮灑的音符有時會往上爬一階，有時又急速下滑。偶爾她一邊記錄一邊評論自己手寫內容，彷彿她一部分的腦袋在當下世界，一部分則在彼岸。有時，她會喃喃自語道，「就是這樣……沒錯……」她輕聲哼唱音符「Sol……Re……」先記下左手五到六個小節，再寫下右手同樣的小節。

儘管全神貫注其中，薇拉依然能談笑風生，說道，「我沒辦法保證記下的內容沒有錯……」然後她試著彈奏兩到三個小節，低聲得出結論，「ＯＫ了！有時我寫出來的東西看起來怪怪的，對吧？但常常會這樣，一不留神就出錯了。」

約莫過了三刻鐘，她轉向他們，帶著歉意的表情說，「他暫時離開了。突然失去感應是很令人煩惱的……也許是我太緊張了。」

她看來並不慌亂。這應該是常有的狀況：保險絲燒斷，更換一個燈就又亮了。她放鬆一些，眼睛緊盯琴鍵一動也不動，過了一陣子她鬆一口氣對他們說，「沒事了，我還是可以看到他。這樣坐比較好些。」

一時之間，路德維克無法擺脫一種隱約的不安。他腦中浮現「違和感」這個詞，但卻無法恰如其分將它放入一個合乎邏輯的句子中。也許是他預先想像的情景，與當下目睹的景象存有某種違和感。當他旁觀這個場景，尤其是觀察她時，他開始感覺那可能是因為薇拉完全沉醉在自己所做的事中。路德維克內心深處雖然百般不願，但他感知到的一切都在提醒自己，這個女人不像在演戲。

過了一段時間，薇拉聲音中帶著一絲慧黠的笑意對他們說，「嗯，他一直催我動作快一點……但我沒辦法再加快了……」語畢她繼續記錄聽寫的音符。

「這首曲子還沒完，」她在大約寫了一小時後，中斷這次的會晤。「愈來愈艱難了，我聽得愈來愈不清楚，而且可能會一直出錯。」聽得出她略微感到可惜，但也僅止於此。「蕭邦跟我說：已經完成大約一半，剩下的接下來幾天再完成。目前我們譜寫的應是四到五分鐘的樂章長度。」

薇拉認為還缺少幾小節，但似乎並不為此擔心。蕭邦在結束會晤時，提醒她已經提供了三十二小節；然而她重新數了幾遍，卻只找到三十小節。「其中兩小節可能在我聽寫過程跟丟了……我需要再與他討論這個問題……」

在場沒有任何人提出要求，薇拉卻突然有了演奏整首樂曲的衝動。儘管她再度強調自己並非經驗老到的演奏家，卻不費吹灰之力開始彈奏。路德維克凝視眼前這名全心投入任務，甚至忘了攝影機在身旁的女子。她聽寫的部分必定有一定難度，因為她才彈了幾個小節就卡住了。

「非常抱歉，今天我始終無法好好集中注意力。我得重新來一次……」

「您允許我往前一點嗎？」

一直在旁邊保持沉默的收音師，移步到鋼琴旁。

「我已經不常彈琴了，但我一直喜歡識譜……可以讓我重彈嗎？」

那些音符就像停在電線上的燕子，等待發號施令，以振翅飛翔化身為樂音。路德維克暗自斷言他與攝影師同時陷入相仿的狀態。那種狀態難以定義，介於驚愕和讚嘆之間，他感覺到被禁錮其中。為什麼要掩飾對聆聽到的音樂感到驚豔的事實？這些樂音遠非一名缺乏想像力的業餘者，複製貼上基本的和弦所能比擬。

霎時間，路德維克的臉色變蒼白。當羅曼關心他是否身體不適時，他只是簡單回覆自己從不知道收音技術師有這般能耐，並對他的專業技術表達感謝，讓眾人得以第一次聽到這段……這段……他的話說到一半便語塞，完全找不到詞彙幫這段話總結。

♪

薇拉位於倫敦斯卡街五十七號的住處，入口穿堂幽暗深長。當帕維爾．切爾尼認出此地時，他對自己獲得天賜良機感到竊喜。穿堂走廊的牆上掛滿郵箱，每天早上九點四十分郵差會準時來送信，規律的節奏和排程彷彿五線譜上的音符般精確無誤。投遞郵件幾分鐘後，郵差會繼續巡訪下一棟住宅，彷彿自古以來他就只做過這一件事。

切爾尼多半會在郵差離開大樓後，立即檢查薇拉的郵件以開啟一天工作。他迅速隱身在長廊，無需按下計時器，便能用修長纖細的手指（母親表示他有鋼琴家的手），或用夾子加上帶著黏膠的鐵絲翻找郵件，他的手腳俐落，像是漁夫用魚叉鉤撈出當日漁獲。對於深諳這一行伎倆的他來說，整個操作流程只需幾秒便能搞定。當然，如果被當場逮到，他也準備好配套措施：他會隨身帶一疊廣告傳單，假裝要發到各個信箱。

儘管如此，切爾尼的**任務**很少被打斷，直到某個陽光清朗的早晨，薇拉的住處大門被打開，兩個身影在逆光中映入眼簾。突然飆升的腎上腺素，讓切爾尼心中默默的啟動任務執行讀秒器戛然暫停。他認出迎面而來的人是他的「贊助商」，也就是那名電臺記者與隨行的攝影師。他們只交換一下眼神，因為在工作過程，他們不會跟彼此交談……當然，切爾尼也沒有跟隨兩人登門造訪薇拉。當天，路德維克根據自己的好奇心，對「亡靈」提出若干問題。他詢問**蕭邦**是否對自己的作品如何被後世接收與詮釋感到好奇？（他已經決定用這個姓名稱呼對方，那既是為了方便，也為了表現對靈媒女士的認同，但他其實心不甘情不願。）蕭邦是否偶爾會對一些人演奏他作品的技巧表達看法？

當路德維克用問題引出論述時，帕維爾·切爾尼會回到家中，用蒸氣展開郵件，研究信中內容。接著他重新封好信，為了在隔天早上取出當日郵件時，把前一天的郵件放回信箱。

相隔了三層樓，路德維克思索那名偵探也許正從信箱中取出一份未具名人士寄來的樂譜。這種可能性讓他感到寬心。他繼續採訪一如既往泰然自若、真誠到令人費解的薇拉，不過俗語說「能笑到最後的人才是贏家」，[3] 他會讓對手陷入露出馬腳的窘境。他反覆想起那句在人生低潮中拯救過自己、並成為日後座右銘的話：「勝利屬於能比別人多承受一刻鐘的人。」那句話並非出自他口中，而是來自一名偉大的日本戰略家——乃木希典將軍。乃木希典在長時間圍城後，逼迫俄國人在旅順港投降。可憐的路德維克將軍心中也想，一定要比鬼鬼祟祟的福爾蒂諾娃再多承受十五分鐘。此時她自在的態度讓人幾乎快卸下心防，看起來甚至絲毫沒有窘迫……。

這名記者聽她娓娓細訴蕭邦如何評論心目中最優異的演奏家──桑松・富蘭梭瓦、霍洛維茲、阿格麗希與波哥雷里奇的看法。這對紀錄片拍攝而言是件好事，他完全沉浸在她的談話中，內心竊喜不已。

粉絲們一定會爭先恐後觀賞這段影片……有一位匈牙利裔小提琴家跟您同樣具有通靈天賦，曾藉助一塊通靈板召喚羅伯特・舒曼的靈魂，[4]並提出如何完美詮釋舒曼一些作品之類的具體問題。路德維克向薇拉講述這段過往。當您用聽寫方式記錄蕭邦作品時，是否會像這名匈牙利裔音樂家一樣，詢問一些演奏時的重點呢？

「您知道，我竭盡所能將樂曲傳達到最好。如果我有誤解，他會糾正我；有時接收頻率不佳，溝通過程頻頻出現雜訊，那當天的工作就得中止……我努力保持專注，但就如先前所說，我並沒有受過正統音樂訓練，常常感到力有未逮……其實我常在內心對自己說，如果蕭邦選擇了我，而不是選擇您所提及像匈牙利小提琴家般的專精者，那正是因為我對音樂一無所知。您不覺得就是這個理由嗎？我沒有能力添加任何個人風格，也從未故意曲解或重新詮釋……甚至不會與他討論辯駁。因此基本上，我根本不會提任何問題。」

「聽起來真有趣……他需要的是一個徹頭徹尾的素人。」

「我確信他是這樣押注的，能找到一名無知的村婦更好……。」

她帶著狡黠微笑說道。顯然地，路德維克再次觀察到這名女人打從心底深信她說出的話。

會不會這一切並不是她演出來的，而是她根本認定自己口述的事件確實都在每天發生？這種假設讓路德維克心生不快，也讓他陷入思考。

步出薇拉的公寓後，三個男人若有所思在街頭漫步。當一行人走近收音技師的車子前，準備上車時，路德維克突然打破死寂，「我從不相信這件事，對吧？但當我開始解密她聽寫與彈奏的樂章時，我感覺完全置身於蕭邦作品的氛圍中。」

三人的面色凝重，羅曼試圖緩和氣氛，「現在我們只差那位名叫Prospero Lapagese的人在研發的器材了……你們不知道這件事嗎？這對此刻的我們非常有用……Prospero Lapagese發明用來錄製肉眼不可見的物體聲音並拍攝影像。如果那不管用，我們還可以試試喬治．米克研發的幽靈通訊機……」[5]

「那好，通靈先生，如果你願意全權負責製作這部紀錄片，並繼續照單全收那個瘋女人說的一切，我很樂意把我的工作讓給你。」

向來不愛發怒的路德維克立刻自責起來。每當他遇到事態失控，他的焦慮感就如同壓力鍋般開始沸騰。

♪

迄今為止，薇拉的信箱都還沒洩漏任何可疑線索。由於情報界和新聞界長久以來維持不道德的互利關係，情治領域也仍存在法律模糊地帶，福爾蒂諾娃的電話被監聽了。各式的監控裝置都派上用場，切爾尼常常不費吹灰之力就能輕易在薇拉公寓附近找到停車位，就此日復一日從清晨開始守在車裡監視，並持續尾隨行動。現在他已熟知這名女士最常光顧的商店，就算閉著眼睛，也能追蹤熱愛步行的薇拉最常走的路線：她會沿著馬薩里克岸邊或對岸的揚奈克岸邊行走，接著隱身閃入左岸的小巷弄，等攀爬上佩特任小丘後，便在那裡放慢腳程。最後，她再穿越洛克維茲宮上方離開。無論天氣寒冷或下雨，她都不會更改計畫。如果天氣清朗，這名陽光下的漫遊者會走得更起勁，彷彿她暗自矢言要讓沿路尾隨、心中暗自咒罵的切爾尼筋疲力盡。

薇拉是一名獨來獨往且深居簡出的婦人。對跟蹤她的人來說，那簡直像天上掉下來的禮物。她從不出城，也不搭計程車，只靠步行。唯有偶爾遠赴偏郊目的地，才會搭乘大眾交通工具。

儘管薇拉多半離群索居，但她的生活並非一成不變。她和兩個朋友常一起約在市區一家咖啡館聚會。有時三人一起約，有時分頭約。薇拉會定期找其中一位朋友在盧策納宮附近下幾盤冗長的西洋棋。[6]她們會坐在靠窗的桌子旁，俯瞰盧切爾娜迴廊的穹頂，切爾尼則倚著金屬吧檯。那個吧檯像一根巨大而暗沉的弓，將室內空間一分為二。偵探不會脫下他的黑色皮夾克，看起來一副不打算在此久留的神情，並假裝沉浸在《捷克媒體民眾日報》中，彷彿從頭到尾逐句閱讀。但實際上他的目光一直緊盯反射在他對面鏡子中的獵物身影。從大廳相通的樓梯間不時會傳來一陣喧囂，那是隔壁電影院的散場群眾。偵探焦躁地咬牙切齒，又做了一天白工！這名一路牽著他鼻子走的女士已經佔上風，她可能在抽屜裡收藏數十份偽作樂譜，讓她能撐過一場又一場攻防。那麼，這樣的監視到底有什麼意義？切爾尼背部和臀部緊貼吧台高腳凳上，彷彿被凌遲般感覺度秒如年。有時，薇拉會混在一群走下樓梯的散場觀眾中悄然溜走，閃身前往沃迪楚科瓦大道或斯特潘斯卡街上晃蕩。值此同時，在樓上咖啡店，方才她對弈的棋盤上，兵卒或騎士的棋子在友人掩護下依然被移動著……。

不知道帕維爾在吧台或靠近鋼琴與門邊的桌子旁踞守了多少個下午！因為有充分時間陷入不合時宜的荒誕思考，有些想法像手榴彈般在他腦海引爆。「夠了，帕維爾，冷靜一點，」他告訴自己，「停下來，現在已經改朝換代，你也不是活在間諜小說中……」有一天，他竟然懷疑跟薇拉對弈的友人移動棋子的手法是事先商定的密碼，用來傳遞薇拉仿作樂譜的音符。「該停止了，」他不斷提醒自己，「你在逐漸喪失理智。這又不是竊取導彈基地的計劃。如果她朋友確實有這份樂譜，那裝在信封上直接遞給她就好了，哪需要這麼多花招……」偵探心想，「這女人會把人搞到崩潰，即便是之前我跟蹤過的舊政權政敵都會甘拜下風……。」

一天夜晚，切爾尼「護送」薇拉到她住家附近的街上，由於堅信她不會再出門，他趕緊溜進車內，在寒風凜冽的天氣中等待三樓窗戶透出燈光。只有在這個時刻，切爾尼才敢啟動引擎。他得在交通尖峰時段開過一段漫長路程，返回自己位於日恰尼的公寓。[7]切爾尼鬆一口氣，轉動鑰匙發動汽車。真希望能趕快回家泡個澡。他轉了鑰匙一次、兩次，再試了第三次，但引擎毫無動靜。真倒霉！切爾尼咒罵。這種事偏偏發生在七點過後剛下過大雪的寒夜！

當晚他實在不想搭乘大眾交通工具，也不知道能去哪位朋友家借住一夜。自從前女友將他列為拒絕往來戶，他已經沒有人能求助。至於當場修理那台七十年代爛車的主意，更直接被他摒除在選項外。切爾尼大力敲打方向盤幾拳，連帶吐出幾句連路過妓女聽了都會臉紅的髒話。路邊一面霓虹招牌的藍光忽明忽暗投射在他盛怒的臉龐。切爾尼倚著車窗，突然想起自己的車停在盧尼克街附近五十號的旅館，那間旅館不是正對薇拉五十七號的住處？天哪，目標就在眼前！但願旅館還有空房……雖然切爾尼沒帶盥洗用品，但沒關係，只要有地方過夜就好。

十分鐘後，他終於住進旅館四樓的房間，幾乎正對「狩獵目標」住家的樓層。由於這間旅館在淡季只有一半房客，切爾尼可自由指定房間。「我身分證上的地址已經不對了，」他對櫃檯說，「我現在住在布傑約維采。」並信手在表格上填了一個虛構的地址。被問到要住幾天時，他差點憑直覺回覆「一晚」，但隨即改變主意，「我可以明天再告訴您嗎？」「完全沒問題，您知道，十一月分是淡季……」

此刻，這名窺探者在房內俯瞰倫敦斯卡街與他停在路邊的車。他站在暗處，與對門那位一派悠哉的女棋手相隔不到二十公尺距離。為了不被發現，他沒有打開臥室的燈，但他轉念一想，多年來這裡出現過多少往來不斷的鄰居……她應該早已不在意他們的存在。

盧尼克旅館……為什麼之前他沒想到這裡？幸好車子引擎適時出問題……姆拉達博萊斯拉夫的工廠終於生產出能派上用場的物品。8

切爾尼輕輕拉開窗簾，生怕窗戶流洩的微光揭露他的行蹤。透過望遠鏡，他彷彿就置身在對面客廳，倚在鋼琴旁。這個視角能當場逮住任何上門提供偽造樂譜的訪客，再者，由於從房間能俯瞰五十七號公寓入口，切爾尼能清楚拍下進出的人。如果窩在這裡幾天應該滿不錯的。有必要就待上一、兩週吧！諾瓦克應該會慷慨買單。

那晚，蕭邦諾娃應該在靠公寓內側的廚房用餐（切爾尼也開始學別人這樣戲稱她），客廳籠罩在幽暗泛黃的光暈中。房屋較深處，走廊的燈光勾勒出一道黃色長方形光影，那是通往公寓其他角落的房門。這名前特務只用不到半小時的時間，就從偵探轉變成狗仔記者。一想到世上沒人能想像他藏身在暗處行動的隱密身分，他內心就湧現一股如香水撲鼻般令人飄然而陶醉的愉悅感。想到自己不在別人認為他該身處的地方，去了沒有人認為他會去的地點，切爾尼莫名竊喜。

他在附近快速吃點晚餐，不到一小時便返回旅館，還是不開房內的燈。他遠眺薇拉家裡，客廳深處那框黃色長方形光影還在，而循著黃色長方形再往底端看，他又看到另一扇門。她的房間應該是朝向屋子內側，可能面對全棟建築中提供種植樹木或停車需求的天井中庭。顯然她習慣在公寓那一側度過每個夜晚，因為相較於臨街這側，另一邊靜謐多了。最終，這名偵探也拉下百葉窗，邊喝著百爺啤酒，[9]邊在新星電視臺觀賞一部外國影集，然後早早入睡了。隔天一覺醒來，他開始後悔昨晚沒有多守候一段時間。會不會只差了幾分鐘，他就錯過這一串謎團的解答？

---

1 小橘燈（des mandarines）是一種尺寸嬌小的特殊投射燈光，因為原始顏色是橘色而得名。在美國，小橘燈有時被稱為小紅（Red Head，La Rousse），這種光源應義大利營運商要求而開發。一九六〇年代，隨著愈來愈多電影從攝影棚轉移到自然外景拍攝，工作人員需要更輕便的燈光設備，義大利的Ianiro公司便率先推出小橘燈。

2 Schadenfreude是個源自德文的複合名詞。schaden意指破壞或摧毀，freude則指歡樂、愉悅，兩個字合併在一起，便是指因為他人的不幸而感到喜悅，有中文的幸災樂禍之意。

3 原文為Rira bien qui rira le dernier，這句話為法國諺語，意指能笑到最後的人，才是笑得最開心的人，引申意義為能堅持到底取得勝利的人才是贏家。

4 文中提及的通靈板（planche Ouija），原文的Ouija為法文「Oui」與德文「ja」的組合，兩個詞都等同於是（yes），用在詢問句的回答。通靈板為一種平面木板，板上標有各類字母、文字、數字與其他符號，在與亡魂對話時，作為詢問答案的一種占卜工具。

5 幽靈通訊機（Spiricom）由後設科學基金會（METAscience）的美國研究員喬治．米克（George Meek）研發。一九七一年，米克與威廉．奧尼爾（William O'Neil）開設小型實驗室，研究電子語音現象（EVP）。由於對死後存在主題感興趣，米克長年鑽研電子語音現象設備與靈魂雙向對話，耗費十一年時間開發出幽靈通訊機，該儀器於一九八二年四月六日首度問世。幽靈通訊機並非完全機械化，其與黑盒子等電子設備相同，需要操作者精神能量，由於其中涉及能量已超出目前電磁系統知識範圍，而被暫稱為「生物質」。

6 盧策納宮建於一九〇七到一九二一年間，為布拉格最負盛名的文化中心之一。該建築的設計者Vácslav Havel，為捷克斯洛伐克前總統哈維爾（Václav Havel，1936-2011）的祖父。

7 日恰尼（Rícany）是位於捷克中部的城鎮，距離布拉格約二十公里。

8 姆拉達博萊斯拉夫（Mladá Boleslav）位於布拉格東北方五十公里，該地區一直以來位於交通要道。十九世紀時，捷克最大汽車製造商斯柯達汽車的前身Laurin & Klement創建於此。姆拉達博萊斯拉夫也是Škoda品牌發跡的重要城市。

9 百爺啤酒（Budějovický Budvar）為捷克知名啤酒品牌，創始於布傑約維采（Ceské Budějovice；德語：Budweis），布傑約維采建於一二五六年，為距離布拉格南方約一百五十公里的一座城鎮，歷史上曾有大量德裔移民居住，並於十三世紀起以釀造啤酒聞名。

第十一章

路德維克．斯拉尼參考偵探提供的拍立得相片與情報，很快就抵達位於圓穹拱廊附近東北角的墓前。空氣中充斥枯葉浸泡在水窪中的潮濕氣味，時間還早，四周卻已沉入蒼茫的暮色。這裡十一月的白晝該不會從太陽升起後就直接駛入無盡的黃昏？高堡墓園，下午四點整，聖皮耶與聖保羅聖殿的鐘聲響起。這個地方再過一小時就要關門了。此行路德維克到底有什麼期待？他是想確認照片可信度嗎？應該是吧！或許他受到根深蒂固的科學唯物主義情結影響，只要沒有親眼目睹，理性上就不願輕信。路德維克直到一九九〇年第一趟跨越鐵幕之旅後，才願意承認西方世界不完全是海市蜃樓。同樣道理，此時當他用手指輕觸那塊無名墓碑，像在閱讀一塊盧恩石刻的銘文般試圖尋找古老文字或日期的輪廓，[1] 他這才願意相信那名特務所言為真。

因為陷入紛亂思緒，他在那裡停留很長一段時間，最終無奈朝著上方懸有Pax Vobis字樣的出口走去。[2] 願平安與你們同在！如果這件事能讓他平靜就好了……放眼望去，周遭既沒有管理員，也缺少警衛亭。唯一鄰近的建築物是一家看起來已經倒閉的咖啡店。在他右側專屬於修女使用的四方空地上，路德維克注意到一名修女在整理墓地，並在離開時順手把鐵柵欄鎖上。她會知道誰負責看守這個墓園嗎？不，她一無所知。路德維克繞過新哥德式聖殿，找到另一處進入墓地的入口，沿途他沒遇到任何一位「陽間的人」。他多希望碰到一名負責保存此處長眠者名冊的檔案管理員，讓這些糾纏他許久的問題獲得解答。究竟第十二區第三十八號墓地的主人是誰？難道這個問題終生都無法獲得解答嗎？後來，路德維克終於看到一名嘴裡叼著一根菸的年長男子，正在清掃一條鵝卵石小徑。仔細打聽後，他從男子上揚的眉毛和聳肩的身體語言，確認對方不是他期待遇到的檔案管理員，完全不是。忽然間，路德維克對這個不斷操弄他的女人燃起一把無名火。他腦內小劇場想像她來到這座充滿音樂家光環的墓地，在某位不知名的天才墓碑前憑弔，只因為那名天才在世時可能將數十份偽造樂譜交付給她，讓蕭邦的餘蔭能延伸到二十世紀末期。

一位無名作曲家的墳墓……還會有什麼劇情？她怎麼能這樣自欺欺人？這個女人鐵了心要玩弄他於股掌間。

離開墓地後，路德維克沿著鋪著碎石的小徑行走，夾道盡是光禿的樹木，整座城市如同退去的潮汐般遠離高堡墓園。周遭修女蹤影消失，路德維克也沒再看到在逝者墳前垂淚的訪客。除了寒風蕭颯聲外，四周萬籟俱寂，教堂鐘聲也不再入耳，時間似乎在高堡墓園停格。刺骨的寒意滲入骨髓，即使夜幕尚未完全籠罩，也應該會在幾分鐘後降臨。路德維克腦中不禁浮現兒時出現在童書中讓他深感恐懼的「白衣女子」傳說。他緊緊拽着大衣衣襟加快腳步。這座位於城市上緣高聳入雲的堡壘，為童話與都市傳說提供絕佳素材。不知道多少次他曾幻想白衣女士漂浮在黑暗的墓地中，除此之外還有無頭騎士與莉布絲公主派來的使者！[3]此時此刻，輪到這塊缺少年分的無名墓碑，成為他腦中亟欲攻擊的**幻想的風車**。[4]

次日，路德維克指派一名助手不厭其煩打給相關機構調查，獲取更多關於第十二區三十八號墓地的資訊。當天下午稍晚，助手回電提及這塊墓碑沒有主人，授予的使用權狀已經到期。

那具遺體安葬在墳墓許久，長眠逝者姓名不可考……接電話的官員被一再追問，開始產生疑心，最終問她是否希望買下這塊無主墓，也反問蒐集墓地資料的原因。

同一時間，路德維克再次致電聯絡一名以演繹舒曼與蕭邦作品聞名的鋼琴家，並將一部分薇拉聽寫的樂譜交給他。在電話那一頭，鋼琴家聽得一頭霧水。好的，他答應花點時間研究這些樂曲。其中有一首曲子他感覺很有蕭邦風格，但曲風輕盈簡短，甚至可說過於簡約，除了幾個轉調外，整個曲子從頭到尾都只使用兩個和弦的序列——主和弦跟屬和絃。相反地，在他看來，那首馬祖卡舞曲的創作則有深度許多，神似蕭邦某些作品。「您在哪裡找到這些樂譜？這是一批品質上乘的仿作。產出這些贗品的傢伙，在音樂學院的作曲課必定成績斐然。」這名鋼琴家還列舉幾位他隱約懷疑藏身在幕後的同儕名字。

「產出這些贗品的傢伙」……要是這名老派且有性別歧視的鋼琴家，知道此時自己在鍵盤上彈奏的「品質上乘的仿作」是由一名女性所創作，而且還是一名學校食堂的離職女員工！當這名鋼琴家追問樂譜來源時，路德維克含糊其辭推說，「是在波蘭某個舊圖書館挖出來的資料，現今的學者專家尚未認真鑽研過這些新發現。要知道進展還需等候一段時日……有人懷疑這些作品出自蕭邦之手，但還未得出具體結論。我只是出於好奇，想在那些所謂的專家們做出論斷前，先聽取您的意見，因為他們的判讀可能曠日費時，甚至永遠無法達成共識。」路德維克隨口談到對蕭邦某些作品的真實性已經存有或多或少的懷疑，像是A小調圓舞曲、降E大調圓舞曲，或者C小調夜曲，這些疑點即便是樂理學家也無法完全釐清。

路德維克第一個徵詢的這名鋼琴家的意見讓他感到震驚，他還有另外兩位要求助意見的「專家」。如果那兩人表示他提供的樂譜只是些普通的學生作品，那就塵埃落定了。他會把一切歸咎於靈媒的潛意識，然後戳破薇拉・福爾蒂諾娃的說辭。他會證明自古以來理性主導的世界又憑添一名江湖術士，等到上述說法得到驗證後，一切就都會回歸常軌！噢！懷疑論者的安適感，如同絲綢床單般讓人感到舒適……。

兩天後，他期待已久的其中一名音樂學者回電了。這名學者開宗明義表示已經辨認出蕭邦的和聲音階，這是他獨有的特點，再加上樂曲中的朦朧曲風（sfumato）與彈性速度（rubato），[5] 如果沒有透徹研究蕭邦作品，不可能會注意到這些獨樹一幟的技巧。

那名音樂學者還注意到這些作品呈現出創作者的洞見。引用他的話來說，這些作品展現「官能的精通」（maîtrise organique），它們不僅僅是「浮面的風格模仿」。音樂學者毫不保留地肯定這批作品……表示自身閱覽的內容相當接近蕭邦風格，如果這是一批出土的古老手稿，他預估世人會公認作品的創作者是蕭邦本人。

路德維克請教的第二名音樂學家則保持相對審慎態度。在幾番迂迴說辭後，他終於坦白表示對眼前這些作品來源的疑慮。「我找對人了！」路德維克心想。基本上，那名音樂學家對這些樂譜抱持負面意見，但又不想得罪任何人。我必須巧妙說服他吐實，路德維克盤算。他再三向對方保證所有說詞絕對保密，並且這名剽竊者絕非捷克音樂圈內的人，那名音樂學家才漸漸同意和盤托出感想。

「我感覺這些作品的作曲家崇尚美聲學派」，他說，「我從中感受到美聲唱法的痕跡，如同蕭邦著名的彈性速度也常流露這種風格……這名創作者應該同時是莫扎特的仰慕者，在他帶有蕭邦風格的自由彈奏中，我們依稀能窺看到莫扎特的曲風。您讓我看的這些樂曲的彈性速度，特別突顯出富表現感的音符……創作這些樂章的人很有天賦。他深入研究不同格式的對位法。[6]但您知道，在音樂養成過程，科班學生常被老師要求做這種練習。我們這裡可能至少有一、兩百人有能力演奏您給我看的內容。儘管如此，嗯……儘管如此，我們從這些樂曲中，會聽出若干蕭邦特有且相當難掌握的小技巧。這實在很了不起。如果將這些仿作拿去參加華沙的蕭邦音樂大賽，我很好奇結果會如何。」

「關於樂譜上的註釋，」音樂學家稍作停頓，做出這般評論，「有一件有趣的事。您交給我過目的樂譜中，在旋律開頭重複的小節被用鉛筆圈起來。毫無疑問，蕭邦本人確實會用這種方法提醒彈奏者注意反覆記號……後世人們在他手稿摹本上能看到這點。創作這些曲子的人真是明察秋毫……。」

「這個細節是眾所周知的嗎？」

「哪部分？圈出重複小節的習慣嗎？因為好奇心驅使而看過樂譜摹本的人知情。話說回來，這又沒有很重要，只是枝微末節的小事呀！」

已經有三位專家的意見幾乎一致……路德維克無可奈何總結。第一名鋼琴家近乎篤定，儘管他保留部分態度，但只針對其中一首曲子。這群人沒有找出能當作證據的跡象……他不需要再從這個方向著手，那只會讓人陷入鬼打牆，應該避免此事，其他專家意見可能也如出一轍。

所以，我們面對的人的確是一名天賦異稟的剽竊者，但不可能是她……三位專家都否定福爾蒂諾娃夫人自述「只受過初階音樂教育」，卻能創作出如此高水準樂曲的可能。

福爾蒂諾娃夫人……有時路德維克會在心中這樣稱呼她。儘管屢屢遭受打擊，無法按照主導的方向扭轉現實，他卻開始對這名女士抱持某種程度的敬意，當然也伴隨惱怒與苦澀，但他不得不承認其中也摻雜些許欽佩。

上天彷彿逼迫他面對現實，同一天，路德維克得知一名國際知名的英國鋼琴家彼得·卡廷被選中來演奏被Supraphon唱片公司慎重命名為**受蕭邦啟發而創造**的樂曲。[7] 諾瓦克在電話中告訴他，「卡廷已經六十五歲，他不僅是名經驗老道的演奏家，還是研究蕭邦的專家。他的參與將為公司的專輯帶來充分正統性。這就是我們目前的處境。」諾瓦克如此總結，除非是半聾的人，否則很難不察覺他聲音中透露一絲責備意味。

這是致命一擊。靈媒與江湖術士的世界如今獲取偉大的浪漫主義演奏家加持與認證。

「路德維克，你那邊進展如何？」諾瓦克繼續追問，「監視工作有眉目嗎？」記者支吾其詞，請求多寬限點時間，也許要比預期久一些，目前跟監方面還不明朗。「至於求取音樂專業人士意見的部分，我……。」

一瞬間，路德維克眼前彷彿一陣天搖地動。他腦中積累的信念，在此刻都輕佻地崩解。直到前一天，路德維克都還堅信自己勝券在握。然而，當他努力恢復內在秩序時，卻驚覺一切都已覆水難收。他體認到世事無法用單一方法解釋，也無法逐一梳理其中成千上萬組成的元素。某些他根生蒂固的**核心**開始搖擺，一旦它們崩塌，自身便可能陷入萬劫不復。究竟從什麼時候開始，路德維克的信念一直在虛空邊緣勉強維持平衡，他卻毫不自知？他已經很久沒陷入這種狀況，一種精神層面的暈船與自我厭惡。

此時電話響起。

「斯拉尼，請說……噢，是羅曼，你好……是的，對，我們約好後天早上十點半，在她那邊見面……你想要約晚一點？我想她應該沒問題……十一點……我會跟她確認後再回電給你……對了（路德維克壓低聲音），昨天和今天我接到幾名音樂學家的意見回饋……結果如何？這麼說吧，他們沒有讓我的日子舒坦一些……至少他們的意見有一些共通性……不行，在電話裡解釋不清楚……其實我想在向諾瓦克回報前先和你談談，如果我們……我覺得自己腦中一片空白了……多希望能和你互換角色，隱身在攝影機後面，想拍什麼就拍什麼，不用提出任何疑點……你捕捉實境並存取下來，但沒有人要求你解讀，更無需提出詮釋……好呀，我很樂意，謝謝你的邀約……看你何時有空，我們一起喝杯酒，我想我需要跟你討論看看……下午四點左右？沒問題。」

他們約好在斯帕萊納（La Spálená）古董書店見面。路德維克喜歡在書架間消磨等候時光。然後，他們隨便找一家鄰近的咖啡店，選了最裡面的位置。在等待他們點的甘布林努斯啤酒送上桌前，[8] 兩人都陷入沉默。該從哪裡談起呢？

「我上了高堡一趟，」路德維克打破沉默說道，「我看到那塊沒有刻名字的墓碑。緊接著，我又收到幾名音樂學家回傳的意見……他們已經互相串聯意見，這太不可思議了！原本我以為他們會想法分歧或各執一詞。我甚至奢望他們一致判定那些樂曲是假冒作品，把福爾諾蒂娃逼到絕境。然而最終，我卻得到完全相反的結果。如果再找不到解決方案，那會是我被逼到牆角。你知道，雖然這些音樂學家沒有嘆為觀止，但他們一致認為我讓他們過目的樂譜確實很有意思不容小覷。他們很好奇，追問我從哪裡挖出這些樂譜。」

「事情沒有按照你預想的方向發展，是嗎？他們沒有做出你期待的判斷……既然你確信那名犀利的偵探遲早會找到欺詐證據，那就先按兵不動吧！到時候你就會看穿一直以來到底是哪一位邪惡的天才，操控我們拍攝的傀儡。」

「偵探的確有神通廣大的能耐，但我開始覺得他也挖不出什麼了。如果真的有破綻，我敢打包票他早就嗅出蛛絲馬跡。不，我想也許根本沒什麼見不得人的事需要揭發。我們再等一陣子吧！當初我太愛幻想，一直想像這是場縝密規劃的騙局。老兄呀！如果我再繼續深挖這件事，遲早會淪為替福爾蒂諾娃夫人宣傳的工具人。」

「忘了是誰說過『新聞，就是懷抱某種想法出發，卻常帶著另一種想法回來』？」

「這部紀錄片甚至已不是真正讓我煩心的事。即便我不得不捨棄它，還是會挺過去的。這並非問題所在。」

「那問題是……？」

「我不知道。我感覺好像某一部分的自己瀕臨死亡，我卻不願意正視這點。」

「你看，你終於說出那個忌諱的字眼：死亡。你滿腔熱血出征，以為自己即將揭穿一樁樁藝術圈騙局，這種幌子自古以來就存在。但你卻遇到一位每天早晨在你採訪時，滿口談論死亡的婦人。這裡說的不是傳統意義上，像瘟疫之類令人退避三舍的死亡。不，不是那種人們眼不見為淨、忌諱觸碰的死亡。她談論的是一種讓你驚訝且極少聽聞的死亡。某種程度上，那是一種**幸福**的死。比起像家族祕密般隱藏起來的死亡更令人不安。你從未純粹出於好奇，而渴望體驗死亡嗎？」

「好奇心……你會因為好奇心而自殺嗎？」

「也許會純粹出於好奇，想知道這那扇緊閉的門另一頭有什麼。每個人都只有一次機會開啟那扇門。」

「你的意思是？」

「我只會想確認門的另一邊是否有東西，如果有，會想找出到底是什麼。」

「如果什麼都沒有呢？你其實打從心底知道什麼都沒有，對吧？那只不過是人們自認為能永生不朽的浪漫需求，被用來稍稍緩解他們對死亡的畏懼與焦慮，並讓自己活著更容易些。」

「你真的認為安裝那扇門是多餘的嗎？」

「死亡只是避免地球人口過剩，僅此而已。那是純粹的生物學現象。你只因為這種開放的心態就想自殺？」

攝影師勉強擠出笑聲，而路德維克像在自言自語，以微弱的聲音繼續說，

「但如果我能確定，你剛剛說的那扇門另一頭有我父親等著我……我從沒見過他，你知道嗎？如果我確定能與他見面……儘管我在科學問題上堅定不移，在生物學上則是無神論者，可是只要是關於他，我願意相信一切，並打開你說的那扇門。」

「你看吧，這就是出於好奇赴死……我想跟你說的是，即便你緊緊抓住這是場一騙局的論點，你也無法在避談死亡與生死疆界奧祕的前提下，繼續追蹤報導。在這一點上，你是在挑戰當前禁忌。除非你讓死亡議題變得輕鬆愉悅，像穿牆人一樣。[9] 例如把人類頭骨遺骸粉刷成粉紅色，讓死亡看起來輕鬆浪漫，那或許還討論得過去……」

路德維克漫不經心聽著羅曼叨叨絮絮，偶爾隨意點點頭。穿牆人……他想起六七年前那些移民，或被驅逐的人，他們攜帶有出境簽證的護照搭上火車，承諾一到目的地就寫信報平安。然而他們也終將因為好奇而亡。

留下的人知道列車將在深夜幾點停在漆黑的邊境。每一節車廂每一道門都會有士兵把守，車廂內的警衛則嚴查身分文件並搜查行李。他們會將手電筒的光束照遍座位下每個可能藏匿的角落，甚至車底——應該說**特別**會照向車底。然後歷經一段漫長時刻，火車會穿越現代版的冥河悠悠緩緩駛向來世。[10] 當時路德維克就對此就感到懷疑，**西方**真的存在嗎？從來都沒有任何一位移民返回，向大家親口證實。至於那些被刪改的信件，被蒸氣打開後再重新封口的信封，它們總透露一絲空洞、幽靈般的氣息，感覺是當權者端坐在「專責撰寫報紙虛構內容」的某個辦公室信手捻來編造出的。那些內容空洞、郵戳完好到不真實的信件，真的是那群離鄉的人親筆寫的嗎？

路德維克從記憶深處回神，專心聆聽羅曼高談闊論，他正談到維吉爾。[11]

「在過去幾世紀，極少數從冥界返回人世的人曾來回穿梭兩處。」他解釋，「在文學作品中，希臘和羅馬作家不怕被視為荒誕異類，他們毫不顧忌將筆下角色送入陰間。維吉爾曾在著作中為埃涅阿斯打開地獄之門，[12]之後又將他帶回陽世；荷馬也以同樣手法讓尤里西斯重返人間，之後但丁《神曲》也是。今日，我不知道是哪一位權威學者宣稱如果穿越這道不可逆的界線，就會一去不返，但從此陰間訪客再也不存在。你還在聽我說話嗎，路德維克？因為跟蕭邦有所牽連，薇拉．福爾蒂諾娃變身成一名現代版的希臘吟遊詩人。你可以在紀錄片中從這點切入，這比你派偵探嘗試揭露陰謀要務實一千倍。福爾蒂諾娃是卡戎的現代化身，[13]她就是亡靈之河的擺渡人……她把往生者載回我們這端，捎來他們從冥界的訊息，也讓生者知道死去的前人在冥河彼岸做了什麼事。你再提高一點格局吧！」

「你今天的靈感真是源源不斷，羅曼。如果你說這番話是要提振士氣，我對你衷心感謝。」

「這完全不是我靈光乍現。你聽過那些經歷瀕死體驗或腦死後復活的人描述的經驗嗎？我們正處在一個奇特的理性時代，人們只願相信他們看見到的。十九世紀當靈媒主義傳入歐洲，人們沒有像今天一般心存抗拒。舉維克多・雨果為例。他和同夥被一起流放，其間就曾記下他們聲稱與莎士比亞與所有偉大歷史人物交流的點滴……人們完全不會挑他毛病，因為他被賦予**古典主義**的標籤。他與莎士比亞交談過？好的。與拿破崙？沒問題。一切都說得過去暢行無阻。雨果是否杜撰？他說的都是實話嗎？沒有人敢提出質疑。因為他是雨果，崇高的雨果。而且他不是異類，他隸屬於唯靈論者的圈子……。[14]

也許有一天，連耶穌都會在著作中顯靈。這是當真的嗎！愈大的謊言愈容易被照單全收……但如果是福爾蒂諾娃就別指望獲得這種禮遇，她是靈媒領域的無名小卒，人們不僅拒絕相信她，還對她重啟國家安全局機制，派出一名特務跟監她，以便挑出她**錯誤的音符**——很抱歉我引用這個雙關語[15]——電視臺還願意付出偵探全天二十四小時的跟監費。平時我們連買一包紙都會被刁難，但在這件事上，公司對她卻有無限預算，對吧？」

♪

路德維克回到家後大吃一驚。「妳在這裡做什麼，姿德恩卡？」原來在長期尋覓落腳處期間，她已經用盡所有朋友家的借宿管道。姿德恩卡反問會覺得她礙事嗎？「不會！」路德維克斬釘截鐵回答，其實心中也不太確定是否說出違心之論。「只是今晚我沒心情談天說地，沒有力氣再探討我們之間的問題，或聽妳傾訴。妳打算待多久？」她聳聳肩，挑了挑眉，這通常代表最差的預兆。

「的確，只要我們沒有賣掉公寓，這個公寓也是妳的。只是我也住在這裡，」他接續說道，「有鑒於眼前的情況，我可能無法……」

然而，姿德恩卡看起來無意開戰，她那黑曜石般的瞳孔沒有燃起火光。她的臉上全無緊張神色，甚至還能笑出來，此刻似乎是她的休戰期。他真想探手觸摸她，看她的肌膚是否還有彈性反應。好久不見了，他實在需要有人聽他說話，於是深深嘆了口氣作為開場白。她明白了。

「路多，你開啟沮喪模式了，對吧？」

他小心翼翼提起這個讓自己方寸大亂的議題。他與羅曼談論完後，現在換成跟姿德恩卡討論。儘管他曾鐵了心決定不談此事，但還是首次向她提起諾瓦克交付給他這部紀錄片的任務。他的調查進度緩慢且遭遇重重挫折、堅信的事實一再被打槍，並發覺一種幾乎無法掌控的感受：懷疑。他所徵詢的明智觀點一一反駁他希望證明的事，那讓他對蕭邦滋生憎恨，並在內心深處衍生更深層的不安。

「這是我第一次無法理清調查到的糾結線索。」他說，「一切都混沌不清。」

他感覺出她對此深感興趣。

「你那位平白冒出來的作曲家，聽起來很像是個**圖帕**。」[16]

「什麼是圖帕？」

她給了一些模糊混亂的解釋。姿德恩卡最近迷上東方神祕主義，但上天卻忘記賦予她清晰的思緒，她常常像此刻一樣把前男友搞得一頭霧水，彷彿和她完全處於平行時空。

路德維克決定跳過這個話題。姿德恩卡一直苦學禪學靈修，而他自己是老派的馬克思主義信徒，他們倆過去到底因為什麼樣的煉丹術，才會產生化學反應？路德維克念及此處不禁笑了，這是他展現「停火」的方式。

「我待個幾天就走，」她稍做停頓後說。「我正在看一個與人合租的公寓，別擔心。」

---

1 盧恩石刻（pierre runique）為刻在巨石與基岩上的銘文。在拉丁字母引入北歐前，盧恩字母一直為北歐先民廣泛運用，一般會刻在石頭或家用物品上。當前最早的盧恩字母刻在一把丹麥出土的骨梳，古人可能以針或刀具雕刻。石刻銘文常用於紀念已逝者，並以明亮鮮豔顏料書寫。

2 Pax vobis或pax vobiscum意指「願主的平安與你們同在」，為一種古老問候與祝福，傳統上由天主教會與西方基督教派（如路德宗與英國聖公會）神職人員在彌撒上使用，被沿用至今。

3 莉布絲公主（la princesse Libuše）為捷克歷史上的神話人物，被後世稱為「布拉格之母」。西元八世紀，莉布絲公主為捷克統治者柯洛卡（Kroka）的么女。據稱她擁有預知能力，並於父親去世繼承王位。為了平息國內不滿女性掌權的反對之聲，莉布絲公主預言未來將嫁給波西米亞北部農夫普列彌修（Premysl），並與之共同建立普列彌修王朝。莉布絲公主曾在高堡傳遞許多預言，其中最知名的一則即為預言布拉格的誕生。

4 此處所指幻想的風車，源自《唐·吉軻德》典故，唐·吉軻德自認為是中世紀騎士，欲攻擊他幻想為巨人的風車。

5 在音樂學者與演奏家們的眼中，彈性速度（rubato）的運用是蕭邦音樂風格中十分重要的一環。演奏的時候看到Rubato，就代表這個樂句或樂段不必嚴格遵守速度，而可以依照音樂的旋律線條或強弱自由加快或放慢速度。沿用蕭邦的話：「真正的Rubato，是右手可任意改變音符長度及出現時間點，唯不得影響小節內或段落應有的整體速度；左手則如指揮般以嚴謹規律的節奏進行，絕不可輕易隨右手『彈性』起舞。」

6 「對位法」（Counterpoint）是一種作曲技巧，指的是一個作品之中的其中兩個或多個獨立的旋律線同時存在，並在和聲、節奏和旋律方面相互交織。換言之，一首曲子不只存在主旋律，還有其他第二、第三條旋律線在進行，這些旋律線背後的作曲概念就是對位法。

7 彼得·卡廷（Peter Katin, 1930–2015），出生於英國的加拿大鋼琴家，同時為第一名在蘇聯演出的英國鋼琴家。一九四八年，卡廷在首次演奏中一鳴驚人，而受到歐美與日本等國邀請演出。卡廷在一九五六到一九六九年間擔任英國皇家音樂院教授，並於一九七八到一九八四年間在加拿大安大略音樂院教學。他擅長演奏浪漫與印象派音樂家樂曲，尤其擅長彈奏蕭邦樂章。

8 甘布林努斯（Czech Gambrinus）從一八六九年開始生產，為捷克大眾化的啤酒品牌。

9 文中提及的「穿牆人」，是指法國作家馬歇爾・埃梅（Marcel Aymé，1902-1967）在一九四〇年出版的知名著作《穿牆人》（*Le Passe-muraille*）。故事描述一位平凡的公務員在無意間發現自己有穿牆的特異功能，從此他去偷珠寶、搶銀行，即使坐牢也無所顧忌。但在故事結局，這名來去自如的主角因為特異功能突然消失，而被困在牆中動彈不得。

10 冥河為希臘神話中冥界的一條河，也是一條苦難之河，亡靈要通過冥河才能前往冥界。文中提及「穿越現代版的冥河悠悠緩緩駛向來世」的法文原文為franchir le Styx，有赴死之意。

11 維吉爾（英文化名為Vergil或Virgil，拉丁語為Publius Vergilius Maro），古羅馬奧古斯都時代的詩人。當代人對維吉爾的認識，來自文藝復興時期義大利詩人但丁《神曲》。在這部描述地獄與天堂的詩篇中，但丁以第一人稱記述自己在嚮導與保護者維吉爾領路下，幻遊地獄與煉獄（Purgatory），後來在接替維吉爾的貝阿提絲（Beatrice）帶領下遊歷天國的歷程。

12 埃涅阿斯（Énée），凡人安喀塞斯（mortel Anchise）與維納斯女神的兒子，特洛伊戰爭的英雄之一。在中世紀，維吉爾被奉為占卜聖書的著作《艾尼亞斯紀》（*l'Énéide*）中便是以埃涅阿斯為主角，詳細傳誦他生平顯現的神蹟。

13 卡戎（Charon）是希臘神話中通往陰間的冥河上引渡亡魂的船夫。

14 唯靈論（Spiritisme）是在法國十九世紀中葉興起的哲學學說，由Allan Kardec所創造。其論述假定靈魂永恆不死，只是暫時寄居在肉體中獲得進步。當今唯靈論擁有多種詮釋意涵，尤其會被幫助他人與逝者交流的術士與靈媒，用來解釋生者與死者溝通的可能性。

15 原文使用la fausse note，字面意義為「錯誤的音符」，羅曼運用該詞彙，是因為這起事件涉及音樂，他用以指涉路德維克與他背後的媒體公司鍥而不捨想揭發薇拉的錯誤。

16 圖帕（Tulpa，原文來自藏語，又譯為塔爾帕、幻人或幻靈），為一門古老秘術，也是一種類似魔法的物質，意指透過強大與持續專注的想像力，將幻想實物化的能力。

第十二章

此刻，換成路德維克．斯拉尼藏身在盧尼克旅館房間的薄紗簾後。「盧尼克」（Luník）的名稱讓人不禁聯想到圍繞某個衛星的探測器。透過月光，他得以俯瞰對街整面窗戶。帕維爾．切爾尼由於罹患嚴重流感，告假返回他在城郊的住處休息。這也剛好，路德維克因此有完美的藉口將公寓留給姿德恩卡使用，讓她有足夠時間收拾即將永久搬離的行李。從現在開始，他需要全神貫注投入觀察對面戰區，將雜念屏除在腦海外。而且遠離辦公室讓他能不受羅曼說教困擾，他已經快被搞到崩潰。他寧可獨自完成這部紀錄片，也不需要羅曼強勢介入協助。偶爾，房間電話會發出哀鳴般突然響起。如果路德維克當下心情不錯，或感到百般無聊，他就會接起話筒。喂？打來的人是他理應每天按時回報進度的諾瓦克。不得不承認，路德維克做事溫吞的習慣，讓他在這家旅館房間的四方牆內，找到了盡情鍛練這種症狀的練兵場。

儘管直到前幾天，諾瓦克都還放任路德維克自主行事，但他開始要求一個確切日期，而且堅持此刻就要。這是諾瓦克第一次提到具體期限。路德維克幾經思量後，要求再寬限幾週時間，然後編派個藉口打斷對話，表示他看到薇拉正步出住宅大門。

由於外頭天寒地凍，薇拉鮮少外出。終在於某個清晨，路德維克盼到她出門。他遠遠尾隨，深怕她察覺到身後有人。如果真的發生這種情況該怎麼自圓其說？他腦中拼湊一些不太有說服力的藉口，但無論如何就是得緊跟著她。說不定這一次就會被他逮個正著！會不會在這次跟蹤尾聲，他發現切爾尼從未察覺的陰謀？

人很容易成為偷窺者。噢，其實不對！人並不是「成為」偷窺者，而是本來就是偷窺者。每個人都有一個間諜魂，你多少會想窺探近親芳鄰。當天早上，路德維克將風衣隨意搭在肩上，一路緊盯這名家庭主婦與她揹著的購物袋。雜貨店、麵包店……就只差一家肉舖。她在繞道去了藥店與農夫市場後，開始她的肉鋪行程。他默默守在遠處，看著購物袋一點點被填滿，心中暗罵自己真是個蹩腳的特務……被他監控的獵物中，從未有一個人如他杞人憂天的臆測般突然轉身指責他，反倒是他自己冒出這個念頭，「會不會其實蕭邦看得見我，還會向距離我前方二十步的那名家庭主婦舉報：小心點！」這股念頭引發的另一種想法彷彿從遠端射來的箭。那是一種令他感到羞愧、卻已悄悄被植入的**外太空思想**，當他察覺後就立即將其驅逐出腦海。但事過境遷許久，路德維克仍會為自己曾冒出這種想法感到羞恥，哪怕只在短暫一瞬。

路德維克回到清理乾淨的旅館房間後，有種跟著獵物無端折騰一整天的感覺。除非是那名獵物存心帶他出門蹓躂。這一天剩下的時間，他都深陷在無以名狀的不適感中，更令他感到焦躁的是他無法辨識這種不適感的具體樣貌。有一種念頭不斷浮現，說著必定事有蹊蹺。然而具體來說是什麼？路德維克處理這件事的方法，一次又一次讓自己走入死胡同。這種抽象的方法讓他彷彿透過一片起霧玻璃隱約看見輪廓，卻難以辨認原貌。他比誰都清楚，只有決心對眼前狀況換位思考，才能舒緩不安感。事實上，他是否在默默醞釀改變策略？他就像一艘持續往前航行的大船，但船舵已開始調整航向。由於視野被遮蔽，他仍苦於無法從全新角度審視問題。很快一切將被翻轉，儘管如此他仍對眼前一切感到恐懼，他心知肚明。

「究竟誰能從這項罪行中獲益？」這是長久以來路德維克一直沒想到的問題，也是今後他該思索答案的方向。

接下來幾天，這個問題長久盤據在他腦海。在監控工作之餘，他全新投入自己最鍾情的事情：提出各種問題、驗證假設、思考……突然，他腦海跳出某家音樂出版社希望透過蕭邦樂譜來做一筆大生意。近年來，有些作曲家創作的版權到期，日後能被市場自由使用與出版，而出版商需要大量資金來彌補版權收入的缺口。路德維克很想說服自己，整個事件的關鍵不在別處，就是在這裡。

然而，他沒有任何確切證據能斷定薇拉·福爾蒂諾娃在為腐敗的出版商充當騙子。諾瓦克多派遣給他兩名年輕記者，期望透過他們協助加速結案。然而經過多方調查後，他們證實福爾蒂諾娃女士沒有與任何一家出版商簽訂合約。至於切爾尼那邊，幾名已經轉行到銀行業的過往線民則回傳消息，保證女士的帳戶除了養老津貼外，沒有任何其他款項進出。

是的，到底誰從中受益？這名女人如何利用她「置身事外」的淡然，唬住眾多媒體與音樂專家？幾個月來，她使用什麼特殊因子驅動大家，卻無人能瓦解陰謀、揭示國王新衣下的裸體？

要是這一切是場純粹的騙局，根本不涉及金錢呢？「說不定這就是真相！」茫然無助的記者路德維克，坐在這間彆腳的二星級旅館房間，對疲憊的身心毫無感受，一根接著一根抽著菸。「真是高超的藝術」，他用力將菸蒂掐滅在菸灰缸，惱火總結道，「無庸置疑……。」每當下午或晚上，他看見那名坐在鋼琴前的婦人，儘管聽不到琴音，只能看見她彈琴的背影（很遺憾現在不是能開窗的季節）。路德維克短暫發怒後，居然對她產生一絲近乎欽佩的情緒。之後，切爾尼拿到一份女士與Supraphon唱片公司簽訂的合約副本，但也沒什麼值得大驚小怪之處。整體來說那份合約規範內容合理，支付的金額也相當有限。

有時，路德維克會反芻與姿德恩卡的對話，他知道她向來見解大膽。「沒錯，」他想，「或許我應該從這個方向尋找答案。」他想再找她詢問意見，但不會對她多透露什麼。或許當初她是想提供個人觀點，作為贈與他的「分手小禮物」？

除非薇拉．福爾蒂諾娃對眾人撒謊，正如一些人主張她受過的音樂教育，遠比她承認的更深厚。那是即將重新接手跟蹤行動的切爾尼應該調查的，而這一回他不能僅侷限在浮面的街頭跟監行動，他們應該裝備一盞探險家的燈，下探到最幽暗的深處，直搗**過往**的深淵。路德維克心中仍有一部分堅信這是一場騙局。這名記者還沒使出殺手鐧，他打算等到下一次見面再過招。

第十三章

「今天，您先不要講話，至少不是現在……我想請您先聽一段錄音，我希望播放這段錄音給您聽已經很久了。您會在攝影機拍攝同時聽，然後在鏡頭繼續運轉時回應……或不回應。您同意嗎？」路德維克不等對方回答，就先發制人提問。

一瞬間，薇拉露出一絲鮮少在臉龐出現的不安神情。路德維克對能破壞她淡定態度的點子感到洋洋得意，她一貫的沉著冷靜不復存在，彷彿意識到自己露餡了。不過她立即重振精神，說道，「好呀，當然，請開始……」

路德維克按下錄音機的播放鈕時，自忖這次很有機會將她逼到牆角。一切都會很順利。此時此刻，他才聞到公寓裡瀰漫丁香花香氣，可能因為那股氣味沒有像平時般濃郁撲鼻。

他詢問女士，「您懂英語嗎？」

「不太懂。」

「這無關緊要。請專注在您即將聽到的聲音。」

錄音帶在發出一陣刮擦雜音中啟動，同時攝影機也在運轉。

幾秒鐘後，一個嘶啞聲音出現，像是老菸槍的嗓音。一名年紀不小的男人，操著生硬的英語，努力讓自己口齒清晰，但他說話帶有濃厚的斯拉夫口音。

「真正的音樂，純正的、偉大的音樂，是超越各位身處的世界而存在的。那是源於人類精神層面的事物，為了讓人理解上帝的偉大與唯一性。非凡的音樂是一種真正在心靈中誕生的事物，並能在你們的世界中被再現，但可能是以極為粗糙的手法被複製。」那段談話聲音的語氣中充滿抑揚頓挫，並夾雜一絲調侃戲謔。

薇拉面不改色。她彷彿在聽天氣預報般平靜聽著錄音帶。磁帶中的內容暗示正在說話的人應該已經死了。「我只記得當時我病入膏肓，臥床不起。一些朋友守在病榻邊，然後一切逐漸變得安靜下來。彷彿我漸漸踏上遠行的路途……接著……」

路德維克按下停止鍵。攝影機繼續拍攝。他不發一語，眼睛直盯著薇拉，等她開口。

她很快回應，「這是弗林特錄製的錄音，[1]對吧？」

「沒錯。您曾經聽過嗎？」

「沒有，但我有所耳聞。我知道遲早會有人播放這個錄音給我聽，這段音檔的錄製應該要追溯到很久以前？」

「我想是在五〇年代末。那音檔中的聲音……？」

「您是說蕭邦的聲音嗎？您期待什麼？我被這段聲音嚇到嗎？這些年來，我幾乎每天都聽到這個聲音……弗林特的錄音之所以特別，是因為他能讓無形生物的聲音被聽到……您以為我認不出蕭邦的聲音嗎？」

「您是什麼時候得知萊斯里．弗林特錄製的聲音？」

「約莫三、四年前……您知道，過去那個年代，人們很難得知**另一邊**發生的事呀！」

「那麼，我們剛才聽到的聲音，正是您在家裡與蕭邦溝通時聽到的聲音，對吧？」

「確實無誤。」

羅曼一直忍到他們回程走在街上，才對路德維克大發雷霆。

「這名弗林特，還有你那個像馬戲團表演一樣突然從帽子變出的靈界錄音帶，到底是什麼鬼東西？我雖只是個攝影師，但如果你願意事先通知一下，我就不會在原地驚呆……我以為我們是工作的搭擋……」

「很抱歉……下次我確實必須先通知你……其實我也是到最後一刻才想到這個主意。弗林特是一名英國的偽靈媒，在四〇、五〇年代，他聲稱能召喚已逝名人傳遞他們聲音，眾多人物包含奧斯卡・王爾德、邱吉爾、魯道夫・范倫鐵諾、甘地以及蕭邦等。由於新聞臺編輯部同仁知道我手邊進行的案子，而提醒我可關注這個人。我在廣播音檔中挖出他們留存的聲音檔案。在靈媒圈中，弗林特受到極度推崇，但出了這個圈子他也招來眾多詆毀。批評者言之鑿鑿，抨擊弗林特在整個吹牛生涯的欺詐行徑。據說他憑藉腹語術天賦愚弄人，還聲稱必須在完全黑暗中工作，以便同夥在現場接應……還有人質疑他使用事先製作好的錄音。

這傢伙是眾所皆知的江湖術士，然而，如同你所目睹，福爾蒂諾娃女士證實我讓她聽的聲音確實是那名造訪她的蕭邦的聲音。那麼，現在有兩種可能性：其一為弗林特確實召喚到無形生物的聲音。如果真是如此，那為什麼會有這麼多譴責他詐欺與江湖騙術的言論？另一種可能，就是我們剛才聽到的聲音與蕭邦毫無關聯，我個人完全支持這種看法。如果事實如此，我們這位聲稱辨識出作曲家聲音的朋友，根本在厚顏無恥地撒謊……而唯一充分的理由，就是她什麼都沒聽到過……」

「但值得注意的是，她完全不感到猶豫，眼睛都沒眨一下……」

「這是真的。不得不承認她確實展現充分把握。關於弗林特還有另一件事……我剛才沒有播放完整的**蕭邦**錄音。當時，弗林特是在公開場合召喚亡靈聲音；然而，當進行到某個時刻，觀眾席有人要求**蕭邦**用波蘭語說幾句話，而非一直使用英語，來自靈界的聲音回答，『哦，你想考驗我，對吧？』那個聲音冷笑一下，但依然沒說一句波蘭話……那是否間接證實弗林特的召喚術就是江湖騙局？」這是路德維克第一次心生位居優勢的快感。在拍攝當天遭受挫敗後，他終於扳回一城。

這個女人掉入陷阱中，卻渾然不知。然而還不夠，這件事是一個重要線索，但遠遠不足以讓人斷定，更遑論作為佐證。距離路德維克能跟對弈敵手說，「將軍！投降吧！」的關鍵時刻還很早，剩下的是要找出供給樂譜的藏鏡人。假如薇拉是自己創作樂曲，那必須搞清楚她在何時何地獲得這種模仿能力。她是否真的說出，而且是和盤托出她過去的全部真相？

♪

帕韋爾．切爾尼重返工作崗位，路德維克也將旅館房間的監視任務交還給他。每當這名偵探結束監視，便會下探礦坑，[2]投入其他偵查方式。除了橫向的尾隨跟監調查，他也同步進行另一種縱向調查。切爾尼在明查暗訪這名女子背景的過程，重拾他以前擔任祕密特務的自在與樂趣。很快地，能肆無忌憚偷窺的美好時光將隨著「民主」的浪潮來襲而告終。正因為深知這點，切爾尼才想趁著僅存時間，努力照亮每個需要消弭陰影的角落。他就像清理人行道垃圾與落葉的清潔工，無論在過去或未來都樂於擔任陰影清除工，以確保國家的公敵絕無藏身之處。

帕維爾．切爾尼一刻也不得閒，但他卻完全沒有心理負擔，因為這次任務不會以悲劇收場。屬於他的戰爭已結束了。無論他挖掘出薇拉·福爾蒂諾娃什麼歷史，她都不會在牢房中度過餘生。儘管他運用的偵查手段沒有改變，但相應的後果已不可同日而語。

每天，他都在電話中向路德維克彙報工作，後者則會一邊寫筆記。有時路德維克感到滿意，如釋重負舒展笑顏，更多時候他聽完則愁眉不展。事情確實有進展，但也變得愈發複雜，沒有完全朝他希望的方向發展，他因此會惱怒抿著嘴唇，緊盯電話筒……她的求學成績？這就不好說了。薇拉·福爾蒂諾娃只勉強完成高中學業，她的學業一直很不理想……帕維爾曾仔細查看她的學校成績單：原名為薇拉·科瓦爾斯基的學生表現平庸，但極度穩定。她的成績呈現出令人讚嘆的平直線條，從未一落千丈，但也從未展現任何進步趨勢。不可能的，福爾蒂諾娃絕不是那名記者希望過招的隱藏版天才，切爾尼不得不接受這個事實。同時，他也證實她的確出身寒微，除了精通波蘭語（在學校派不上任何用場），沒人知道她還擁有什麼天賦或興趣。

為了保險起見，偵探曾試圖查明她是否可能刻意不進入正統音樂學校就讀，以防因為擁有超強記憶力或絕對音感，而受到「關注」。要是執政者能在素人中找到一顆璞玉，那他們琢磨人才所花費的預算絕不會有上限！然而，他很快就確認無論是在此地還是在奧斯特拉瓦，薇拉都沒有任何值得一提的音樂學習紀錄。當他娓娓細訴調查始末時，完全沒意識到自己的彙報內容，讓電話那一頭的與談夥伴逐漸陷入絕望。

她是否上過家教音樂課？從幾歲開始？切爾尼的調查在這裡卡關。要百分之百確定她沒學過音樂非常困難，何況薇拉承認自己在兒時就上過鋼琴課。問題是這些家教課程有多深入，以及她聲稱只受過初階音樂教育是否是謊言？其實，當薇拉表示自己對音樂一無所知時就已經說了謊。但斯拉尼無法忽略一項事實：薇拉的父母收入非常微薄，而且根據切爾尼蒐集的情報，她父母都不會彈奏樂器。

「你怎麼知道這麼多的？」當路德維克提出這個疑惑時，切爾尼只是微微一笑，緊抿嘴唇。他隱藏在長長睫毛後的雙眸，令人看不出正面回應。

至於攝影師羅曼則一副順勢而為的態度，他流露出那種洞悉世事的矯情，總讓記者的神經緊繃到極點。

「很多人都能搞出空洞的模仿，」羅曼一再對路德維克表示。「但製作出令人懾服的仿作，就是一門老練音樂家才能掌握的專業藝術。路德維克，那本身就是一門學問，一種值得被研究的音樂類型。在我們國家，你能找到許多有能力用**蕭邦**風格創作的音樂家，只要向他們訂購一首馬祖卡舞曲，他們會像快遞披薩一樣立即將曲子交付給你。為了做到這點，他們得在鍵盤上揮汗如雨、辛勤耕耘多年，以達到卓越水準。但福爾蒂諾娃的情況並非如此，你明白嗎？」

「好了啦，很多人都跟我詳細說明過了！也就是說，綜合線報，她根本不具備能力創作出元素複雜的**蕭邦**樂曲，是吧？那又怎麼樣，你到底想說什麼？」

「如果你堅持這些都是怪力亂神……」

「什麼，如果我堅持！我什麼都沒堅持，我展開調查，至今都沒有找到證據顯示她口中那些有關亡者來訪的無稽之談是真實可信的！這些幽靈故事快把我逼瘋了，而你是根本已經瘋了。我從來都不知道你這麼天真好騙……。」

1 文中提及的弗林特為萊斯里・弗林特（Leslie Flint，1911-1994）。弗林特為英國著名的超自然現象研究員，他聲稱能透過精神溝通，讓人們聽到往生者聲音，甚至包含無形存在、耳朵未曾聽聞的聲音。弗林特以傳遞超自然訊息與精神交流聞名。

2 作者在原文中使用Descendait à la mine，字面意思為往下挖掘煤礦，這是一個隱喻用法，意指進行深入詳細的調查。

第十四章

慢慢地，整個中歐大陸彷彿步上緩坡，逐步進入隆冬。低掠的雲層向城市投下摻雜雨水與細雪的微針，刺痛人們臉龐，雨雪敲打在交通壅塞的車陣擋風玻璃上，發出嘎吱聲響，也惹惱在空中展翅盤旋的濱鷸。路德維克約了帕維爾在斯帕樂那（la Spálená）大道的一間小餐館會晤，以便見完面能就近到鍾愛的古董書店尋寶。當天下午切爾尼一開口說話，路德維克就察覺到與他並肩坐在桌邊的，與其說是一名偵探，不如說是一名國家安全局特務魂再度上身的男子。

「我找到一些有意思的消息，是關於福爾蒂諾娃的丈夫。」

「你說喬嗎？他十多年前就死了不是嗎？」

「是沒錯，一九八四年過世的。湊巧的是，在他去世前三年，我曾經短暫負責過喬．福爾蒂諾的案件……我被要求跟監蒐集他參加冤獄平反協會的聚會證據。[1] 我連續跟蹤他好幾個晚上，沒過多久就向上級回報需要的資訊。他不是連署者，只是支持的群眾。冤獄平反協會基本上是由知識分子成立的組織，當時他們正試圖擴展在工人階層的影響力。」

「您認識他，卻到今天才告訴我？」

切爾尼掛著燦爛微笑，向後靠回剛才一直蜷縮著的座椅。「您不知道那些年我做了多少還沒據實以告的事情呢，斯拉尼先生……有關福爾蒂諾部分，我的工作僅限於提供上級需要的證據，除此之外無關緊要。這名已經過世多年的傢伙，和我們眼前的案子沒有任何關聯。我評估應該沒必要提及我曾尾隨他，直搗一個反抗組織巢穴。也許外人看不出來，但其實有時我會感到內疚，不少人曾因為我命喪黃泉。福爾蒂諾也曾因此坐牢。您早就知道他蹲過苦牢，對吧？」

「沒錯。」

「在我任職於國家安全局那段時間，我不太關心喬．福爾蒂諾的命運。那不在我的權責範圍內。如我所說，我的任務只需要蒐集證據。超出這個範圍，任何好奇心都可能讓我有被牽連的風險；再來，坦白說，我從不在乎那些被逮捕的傢伙下場如何。然而，近來我在調查過程發現，喬．福爾諾蒂被羈押的時間很短，甚至還沒有被定罪。沒有審判，什麼都沒有。這點引起我的關注。被羈押三星期就被釋放，這以當時刑責標準來看滿不尋常的。好吧，他是因此丟了工作，但相較其他人的判決輕微很多。這極可能意味著……」

「他合作了。」

「確實如此。」

「提供反對派夥伴的情報當作交換嗎？」

「通常每個人都能查閱關於自己的檔案，無法查閱別人的。但我因為還持續對他們略施小惠，也請保持關係的**朋友**讓我能查閱福爾蒂諾娃的檔案。他確實答應定期提供情報，奇怪的是，他並沒有提供關於那些異議分子的資訊。

應該說，他在冤獄平反協會圈中只是一名二線角色。但其實不然，他提供情報的對象是他的妻子。」

「但她從不沾惹政治，不是嗎？」

「您說得對。她沒有扮演什麼主動的角色。」

「您到底想說什麼？」

「或許她在過程中扮演的是被動角色。當局對她的靈媒能力知之甚詳。依照官方說法，這個政權自稱為無神論立場，他們所有思考與決策都奠基於嚴謹的科學唯物論基礎。執政者的宣示言猶在耳，卻只是幕前表象；隱身在幕後的細節就微妙複雜許多。您知道，據說四年前，古斯塔夫．胡薩克有感於死期逐步逼近，就曾找過一名神父告解。[2] 這樣說，您懂了吧？至於福爾蒂諾娃女士的通靈能力，他們不僅完全知情，還知道她……」

「他們是指誰？」

「一些高層領導人，最高決策者或高階長官。他們知道福爾諾蒂娃女士會受到亡者造訪。我得告訴您，這些人無時無刻不感受到威脅，他們感覺每個角落都有醞釀中的陰謀，而想竭盡所能阻止陰謀實現。這就是為什麼他們可能會要求喬・福爾蒂諾監視妻子，並回報她感應到的對象與她在冥界聽到的消息。執政者逮捕喬並讓他在獄中度過三個星期，可能是為了迫使他合作……」

「所以這招奏效了？」

「喬確實有提供線報，我查閱過。政府那群人對鬼魂的提防，可能比對活人的警覺性還高。許多人手上都染滿鮮血。他們把**親信**送進監獄，強迫他們認罪代為背黑鍋，最終透過羅織罪名攀上權力頂峰……」

「這些內容聽起來令人很震驚，但我不太明白……」

「當權者應該十分害怕來自被迫害者的聲音。他們擔心真相會被揭穿。有這麼多部長、昔日同志、反對派成員、委員會秘書、總督與其他後起之秀都在酷刑中離開人世，或受到誣陷而名譽掃地。某些人當然擔心溺水蒙冤的死者逐一浮出水面。」

「既然喬的妻子是潛在危險人物，那當局為什麼不早早把她送進監獄，而是逮捕她的丈夫？為什麼不乾脆讓她消失？製造意外對他們來說輕而易舉呀。」

「他們應該是認為在過世的人中，也可能找到忠誠的支持群眾或陰謀的目擊者，又或許他們也在尋找能策劃陰謀的線索。我跟您說過，那些人活在一個莎士比亞戲劇的實境氛圍中，或許也希望亡靈前來拜訪，透露祕密給他們，『哈姆雷特，請聽我說！有人散布謠言，聲稱我在花園中睡著時被蛇咬了。所有丹麥人的耳朵都被關於我死亡的這則假訊息給蒙蔽……』

您可以想像在這樣的政權下，福爾蒂諾娃女士是與過去溝通的一扇門。她像是一扇旋轉門，讓謊言與真相、陰謀、夙怨，以及人類虛榮作祟下產生的所有髒污，都如氣流般穿梭流竄……」

「也就是說，當時像是古斯塔夫．胡薩克跟一些位高權重的政治人物，已經高度關注福爾蒂諾娃……那在她的檔案中，您是否看過這些**會晤**紀錄呢？」

「您說是否有留下她跟受害者，以及其他政治受害者接觸的紀錄嗎？說實話，我找不到任何蛛絲馬跡。是否有任何報告或密報提到這一點？只有一些名不見經傳的人留下紀錄，對方可能是她的親朋好友，但不是高層成員，也不是反對派。」

「您認為薇拉曾看過她自己的檔案嗎？」

「她從未提出這個請求。我甚至懷疑她是否知道有這麼一個檔案存在。她完全是政治外行人……」

「這麼說，她可能現在都還不知道丈夫曾監視過她。」

「這樣也許更好，不是嗎？除非他一出獄就立即向她坦承……」

當時，自稱是無神論者的政權領袖，竟然對福爾蒂諾娃之謎肅然起敬。他們不但沒有視她為騙徒或瘋子，反而以最慎重的方式對待她——監控她。

這件事與蕭邦無關，路德維克喃喃自語，幾乎想不出彼此的關聯……然而並非如此！這兩者明明關聯很大！為什麼他會輕率認定福爾諾蒂娃只配當一名江湖術士，而位居紅色奧林匹斯山的諸神卻以高規格關注她？[3]

路德維克起身，神情專注如同一位摸遍全身口袋，翻找打火機的沉思者。他與切尼爾並肩朝古董書店方向走去，並在書店門口分道揚鑣。切爾尼目送他一頭栽進那堆滿書山的阿里巴巴寶窟。他要去那裡挖什麼別處找不到的東西呢？路德維克向切爾尼道別，「我這裡還有事要辦，不繼續打擾您。」暗示切爾尼不要再一路跟隨，接著就逕自隱身在書架後。切爾尼走在通往國家劇院的街上，想起數天前，路德維克突然推掉手邊公事前往圖書館。他不僅在那裡泡了一整天，之後幾天也都窩在裡面。

---

1 文中提及的冤獄平反協會（VONS，法文名稱為Comité de soutien des personnes injustement poursuivies）可直譯為「聲援被不公正起訴者委員會」。

2 古斯塔夫・胡薩克（Gustáv Husák，1913-1991），捷克斯洛伐克政治家，為捷克斯洛伐克共產黨前總書記。

3 原文為紅色奧林匹斯（l'Olympe rouge），為作者運用的隱喻，以紅色代表共產主義，並以古希臘神話的奧林匹斯山，比擬握有巨大權力的東歐政府政權高層。

第十五章

切爾尼在盧尼克旅館的窗簾後重新展開四十八小時的監視工作，卻沒有等到任何值得一提的警訊。他是否注定終生緊盯對面的窗戶玻璃與反射影像，卻查不到一絲可疑身影？除了委託切爾尼進行這項奇特監控任務的兩名記者，靈媒夫人沒有接待過任何名訪客。但切爾尼卻要耗費這麼大力氣跟這麼多時間，觀察一位如此平庸的人……難不成這是他過去送進黑牢的眾多冤魂帶給他的懲罰？他是否已被打入但丁《神曲》中的地獄（enfer）或煉獄（purgatoire），被判決待在一間二星酒店房間永遠禁錮，只因為在一九八一年某日，他提供那名曾與薇拉同住在對街的男子的不利證據？

下午剛過一半，記者們早已離開。薇拉公寓走廊的燈光突然亮起，那通常代表她準備外出。切爾尼趕緊將手上的香菸按熄在菸灰缸。

切爾尼從清晨就開始潛伏狩獵，他在薇拉還沒出門前搶先一步到街上埋伏。她可能只是像往常一樣在附近購物，但至少他能趁機轉換一下心情……終於能冠冕堂皇暫時離開那狹窄的地獄，他可不願白白浪費這個小確幸。此時目標在眼前現身，朝尤果斯拉夫斯卡街方向走去。她穿過大街，往下走到右邊人行道。切爾尼目睹她搭上一輛電車後，加快步伐在車門即將關上瞬間，一個箭步滑進車廂。看來這次她不是只在附近買買東西。

電車過了河，駛入斯密霍夫區（Smíchov），這時薇拉按鈴準備下車。她在微微起霧的車窗反光中，勉強整理一下帽子後站起身。下車後走了幾十米，切爾尼看到她閃身步入一扇拱門，然後消失在檐廊後。她穿過一個中庭，庭院四周圍繞兩層樓高的住宅長廊。但她沒有上樓，只在一樓按了下門鈴。稍後帕維爾・切爾尼特別趨前記下這個名字：丹尼爾・布瑞斯。

兩個小時後，薇拉．福爾蒂諾娃再次現身在拱門下，接著搭上回程電車。此時切爾尼真希望有個扒手偷走她的手提包，以查看包包裡是否藏匿任何樂譜……第二天，切爾尼重返那棟位於斯密霍夫區的庭院，進行長久以來他最擅長操作的「假鄰里探訪」（「我想在這附近租房子，但希望找到一塊安靜的地方，您常在住處附近聽到彈奏樂器的聲音嗎？」）。

他敲了幾家大門，但得到的回答都是否定的，沒有樂器聲干擾這個住宅區的安寧。接著，他大膽按響那名追蹤目標的門鈴，提出同樣問題。

丹尼爾．布瑞斯是一名不善言詞且小心謹慎的六旬男子。切爾尼向他胡謅，「這個住宅區是否夠安靜，適合一名教授在家安心備課與批改作業？」這類問題，順勢瞥一眼房屋部分的格局。男子相當謹言慎行，偵探看出他的恐懼不安，不得不勉強堆滿笑容促使他開口，卻徒勞無功。

正因如此，當他隨後得知那名男子是冤獄平反協會的前成員時完全不感意外。他猜測對方可能是已故的喬．福爾蒂諾的友人，與這名寡婦保持某種聯繫，是遲暮之戀？還是堅貞友誼？當切爾尼在屋外遊蕩守候這兩個小時，他們在屋裡做了些什麼呢？既然那名男子曾是冤獄平反協會的成員，切爾尼只需彈指就能獲得他大量情報。布瑞斯的個人檔案簡直是一塊小金礦。他在參與平反協會前，原本過著平凡、單身的低調教師生活。檔案中沒記載他受過音樂教育，而他簡樸的生活模式應該無法供給他音樂培訓。

當涉入祕密協會的事情曝光後，他從教師行列被剔除，接著便從一份臨時工換到另一份，直到九〇年代初才重返公立學校體制。又走入死胡同了。偵探深深嘆一口氣，將結論稟告給路德維克，並附上言簡意賅的標題：白忙一場。

偵探同時進行的郵箱監視行動，也沒有透露任何可疑痕跡。薇拉的信箱只有一些帳單，還有來自朋友或表兄弟的信件。經年累月下來，切爾尼已經能直接辨識出信件來處。出於職業良心，他還是將所有信件帶回家，使用一台看起來像壓力鍋的蒸氣裝置拆開信封……某天，他無意間瀏覽到一則廣告，寫道「全套十七張蕭邦音樂完整合輯，低於市場的無敵價格」。

至於尾隨跟監更讓人欲哭無淚。來來回回的採買購物、在盧切爾娜迴廊進行西洋棋對弈、前往Supraphon唱片公司赴約。偵探完全找不到任何異常跡象，到最後路德維克要求切爾尼終止監視任務。

在拍攝紀錄片過程，路德維克等人與薇拉的話題也漸漸減少。他們開始覺得所有問題都被提出來且徹底討論過。在一次攝影過程，路德維克趁福爾蒂諾娃夫人移步到廚房為他們準備咖啡，在一張矮桌下偷偷安裝一只腹部配有吸盤與微電池的小型金屬蚱蜢——他實在找不到比那更貼切的比喻。

那是一個不到兩公分的迷你麥克風，有一根小天線從中間伸出，像一條尾巴。麥克風的總重量不超過幾克。無論是微病毒、微生物或微型麥克風，人類常常受到微小物體圍困。一星期後，路德維克悄悄拆下那隻蚱蜢，更換一隻沒有收錄任何聲響的全新小麥克風。回到家後，他迫不及聆聽舊的機器。真是不可思議的單調乏味！那支老舊型號的麥克風收音效果頗佳，有時能聽到薇拉打電話的聲音，或跟某日前來探望的女兒閒話家常。但其中沒有任何口述樂譜或關於蕭邦音樂仿作等啟人疑竇的聲音出現。

那段時期，路德維克在某天晚上做了一個夢。他夢見一場風暴在地獄冥河掀起巨浪，擺渡船仍停泊在港灣。一群苦難的靈魂在碼頭苦候，期盼風暴平息以便渡河。在一間咖啡店，死去的人們不時豎起耳朵，聆聽廣播中的天氣預報。當夜幕低垂時，眾人聚集在冥河小酒館。一名男子在那唱著淒美的詠嘆調，另一名年輕而憂鬱的鋼琴家在旁邊替他伴奏。據說這個人便是作曲家蕭邦。為什麼他會出現在那裡？他不是早已渡過冥河了？

難道是他在活人世界裡還有未竟之業？在夢中，路德維克終於找到一個座位，他想點杯飲料，卻無法引起女服務生注意。過了一會兒，她終於轉頭面向他，但此時警報聲突然響起。

路德維克驚醒後，介於半夢半醒狀態之間，才察覺夢裡那名女服務生是由薇拉·福爾蒂諾娃扮演。收音機的時鐘顯示七點五十分，路德維克睡眼惺忪接起電話。諾瓦克氣急敗壞的大吼聲從電話那頭傳來。

「路德維克，你等等一到編輯部就來辦公室找我。我們現在需要盡快搞定一些問題。你要向我做個簡報，讓我知道現在到底是什麼狀況。切爾馬克也會到場。請和羅曼・斯塔涅克一起過來。」

「他……」，路德維克還來不及把話說完，對方已經掛斷電話。他只要向諾瓦克提交一個簡單彙報嗎？路德維克懷疑單單一份進度報告是否足夠。如果切爾馬克親自抵達諾瓦克辦公室，那表示案子開始變得棘手，即便沒有火藥味，那至少已經讓人聞到焦味了。通常高層主管很少露面，今年年初以來，路德維克頂多只跟切爾馬克談過兩次話。

「路德維克，情況正快速發展。我們現在不得不趕緊跟上**它們**的節奏。我們確認彼得・卡廷將為Supraphon唱片公司錄製這些鋼琴曲目的光碟。他們對這張CD設定很高的製作標準，並抱持充分信心，在行銷宣傳方面當然也會砸下重本。公司計畫在一個半月內發行專輯。這些都是政治部的庫切拉告知我們的，他太太就在Supraphon工作……事情的發展急轉直下，他們正緊鑼密鼓進行前置作業。福爾蒂諾娃有說過她在捷克的心理醫生見證下，接受過一系列測試嗎？她也在Supraphon辦公室見過荷蘭烏特列支超心理學研究所的教授。他們都表示她狀況良好，沒有任何異常，並且不具有**潛隱記憶**患者的徵狀，[1]因為她能完整重述自己全部記憶……荷蘭教授們注意到她沒有刻意突顯自己的企圖，心態非常平衡……她沒有臆想症，也沒有說謊成性的傾向。當時幫她進行檢查的人，是七〇年代烏特列支的心理學權威騰海夫教授的入門弟子。庫切拉昨晚詳實告訴我這些情報。唱片公司不會捨棄這些**令人安心**的結論作為宣傳素材。至於對蕭邦樂譜的來源，公司態度則顯得審慎斟酌。他們只是語帶保留表示，有鑒於當事人絕對正常的精神狀態，薇拉的表現是他們觀察到最有趣的音樂靈媒現象之一。僅此而已，這些宣稱都是都是為了炒熱話題……(此時諾瓦克深深嘆一口氣)。我們已經盡可能給你充足的時間，路德維克，請體諒我們。但現在你必須坦誠告知案情的走向，特別是紀錄片的探討角度會是什麼。」

「呃，事實上……我還缺少一些能讓我明確採取某種觀點的關鍵元素……

我們已經完成的內容很有故事性，也相當精闢深刻，我認為十分引人入勝。但我仍在尋找足以證明這是一場騙局的證據，而且……」

「這麼長的時間過去了，你還沒有清晰的想法嗎？你都在忙什麼？你有充分利用所有資源管道嗎？說了這麼多，我都不知道夏洛克．福爾摩斯先生到底還需要多少時間！」

就在一瞬間，路德維克感覺陷阱正朝他逼近。這應該不是他妄想症作祟……諾瓦克出於夙怨，在幾週前就替他把陷阱設好。他的仇恨來源極可能是姿德恩卡，那是能百分之百能確定的事，諾瓦克其實一直都知情。而剛剛路德維克一不留神，踩到一塊鋪了雜草跟樹枝掩飾的輕薄木板，他的體重讓木板塌陷；另一端那個人則居高臨下俯瞰他，眼中閃耀光彩。為了不讓路德維克倖免於難，對方還邀請切爾馬克來見證這一幕。儘管如此，路德維克沒有陷入恐慌。也許幾天前他瞥見的那道曙光，預示著隧道即將走到盡頭。他不僅沒有驚惶失措，還認為有充分理由相信：這個陷阱最終應該不會如諾瓦克所願般奏效。

「再給我一點時間。之後我就能向你們說清楚來龍去脈！也能明確交代她是否一直都在撒謊。」

攝影師不敢置信轉頭看了路德維克一眼，什麼都沒有說。

「所以你會斬釘截鐵告訴我們這一切是否為騙局？」諾瓦克滿心疑惑追問。

「是的。」

「你還需要多長時間？」

「大概兩週吧！拍攝工作已經結束。應該說正在收尾了。」

「你知道羅曼明天開始接了另一個工作，截止時間將近，你打算怎麼應變？」

「紀錄片只剩下幾個附加採訪，我自己能應付。」

「我再多給你兩週，一天都不能延。兩週後，你要彙報情況，我們討論後再決定播出日期。剪接需要多長時間，你有想法嗎？我們得抓緊時間完工。一旦木已成舟，那要再補救就毫無意義了，這是我們編輯部過去常犯的錯……如果我們無法趕上進度，我會一肩扛下所有責任。」最後這句話，是他在結束對路德維克的談話後，微微轉身對著大老闆微笑說的。

事後，羅曼和路德維克走下大廳，各自點燃一支香菸。

天空中飄落細小但堅硬的小雪花，劈里啪啦敲打著窗臺玻璃窗。「冬天到了！」城市裡成千上萬的人拉開窗簾望向天際時，同時發出輕嘆。

「這到底是怎麼回事，你現在能稍微解釋一下嗎？你好幾天都不跟我聯絡，一個人關在圖書館，訪談一些我不知道的對象，還拖延剪接工作，而我卻不知自己的階段性任務是否完成，還是你仍然需要我協助。又或者我能重拾其他延誤已久的案子。這幾天你去哪裡了？你到底在哪裡呀，老天爺？」

「你很快就會知道了，羅曼。我相信已經開始理出一些頭緒。**理出頭緒**也許不是最精確的說法，應該說**逐漸看見端倪**。不要擔心。你已經完成所有你能做的了，我穿越的迷霧是陰晴不定的。有時雲霧迷漫，但是遲早霧氣會消散，周遭會變得一片清朗。再過不了多久，一切謎團都會煙消雲散。」

他們最後一次搭檔是分頭採訪薇拉的兩個孩子。他們和亞羅米爾．福爾蒂諾約在市區一間咖啡館見面，他拒絕在鏡頭前露臉，全程保持警惕寡言。

「令堂在過去生活中，有沒有遭遇任何造成暫時失憶的意外？」

「據我所知沒有……」

「您有承襲她的特異能力嗎？」

「沒有！即使有，也可能是發生在我非常年幼時，後來能力逐漸淡化，直到完全消失。我一點也不因此遺憾。您知道，最重要的是我想過普通人的生活。」

姐姐亞娜同意在攝影機前接受採訪。她苦思良久，反覆斟酌措辭才直接回答。對於記者問過弟弟的問題，她的回應如出一轍。然而有幾句話值得玩味，路德維克執意將其保留。

「我的母親是非常謙卑的人。在她成長的艱困環境中，人們不能夠強出頭。她從來都不是那種野心勃勃的人。她對發生在自己身上的一切遭遇都逆來順受，好像早就預料到了。您知道，她絕非說謊成性的女人……她的心態總能保持平衡，我從未見過她失控發脾氣。」

休息時間結束後，亞娜・福爾蒂諾必需返回鞋店，她從中學畢業後一直在那擔任店員。兩名記者向她道謝後，走到羅曼的車旁放下採訪設備。

「他們兩姐弟都異口同聲相信母親是誠實的。」

「你不覺得他們在袒護她，替她掩飾行徑嗎？」

「我不覺得。你呢？」

「我也不覺得。」路德維克毫不猶豫回答。沉吟片刻後又補充，「我想，差不多大勢底定了。」

緊接下來幾天，路德維克拼命工作，只有偶爾會出現在編輯部。他如火如荼加班趕工，並宣布要前往德勒斯登訪問德國的專家。哪種領域的專家？他小心翼翼守口如瓶。他對自己窺見的隧道出口感到振奮，一頭栽了進去。這一路的經歷已讓路德維克元氣大傷，他只是沒有意識到。他經歷的這一段怪異狀態，讓他後來在就醫與休養一陣子才逐漸復原。他彷彿像一名被判決緩刑的犯人，不敢思考自己還剩多少時間……然而，擔心的事終究還是降臨。諾瓦克在電話中表示無法再延後時日。「就是現在！」他提出要求，同時追問剪輯進度到哪裡？路德維克提不起勇氣告訴他，紀錄片根本還沒進入剪接階段。

「Supraphon的發片計劃沒有停下來喔！就在剛才，唱片公司已提前公布這張《蕭邦啟發》的CD發行日期。專輯的音樂會將於一個月後舉行，宣傳階段已經開跑……所以，我需要明確的影片播出日期，此刻就要，迫在眉睫了！路德維克。你又跑去哪了？你應該在編輯部會議上向我們提供簡報，告訴我們影片的切入角度跟結論。」

這時，路德維克．斯拉尼果斷插話，「我星期三上午會現身，好嗎？早上九點半會議見，一言為定，我們會搞定的。包括日期與其他資訊……這案子確實耗時很久，比預期時間更長，但我都逐一釐清了。我會向你們解釋一切，會詳實交代薇拉．福爾蒂諾娃是否見過蕭邦，以及即將在音樂會上演奏的樂曲到底屬於誰的。」

「最後期限定在週三早上，先這樣說定？你的結論會符合眾人期待吧？」

「絕對會的，菲利普。」

1　潛隱記憶（cryptomnésie），也可稱為隱藏記憶。是一種記憶偏見，當被遺忘的記憶重返腦內而不被當事人認可時，即會產生隱形記憶。當事人可能會錯誤回想起某段往事或歌曲、創作等，而搞錯某個想法的真正出處或原形。

第三部

第十六章

自從路德維克在電話中細細品味她如同絲綢般柔滑而流暢的聲音後，就一直對這名女子深感興趣。他依據聲音，在腦中勾勒出一名高挑的年輕女性。她有深棕色髮，或許搭配藍眼睛，年紀約莫三十出頭。漂亮嗎？當然了。不過事實為何還有待確認。女子表示為了紀念福爾蒂諾娃逝世十週年，想要重啟案子，為一家競爭媒體的頻道製作一部新紀錄片。她希望與他見面，但不是為了採訪，而是套一句法官常會說的話——聽取他的證詞，「希望能以同行身分討論這個主題，思考如何在您完成的基礎上繼續突破。」她正經八百解釋。路德維克從言詞中嗅出她對自己之前的調查接納度頗高，那一切都已是過往雲煙……為什麼要再次翻攪他往昔職涯中最不堪的淤泥？他有些卻步了。

他們約好見面的咖啡館能鳥瞰整個河岸。福爾蒂諾娃的案子已經二十年了，眼下俯視的那座橋，如同忠實守護崗位的哨兵，見證了橋下河水，承載著歲月悠然流逝！那名嗓音甜美如絲緞的陌生女子會準時現身嗎，還是會故意遲到一下？他心中是否更希望她永遠不要來。從一九九五年到二〇一五年，這段時光他輾轉居住在多座城市，不同城市的河水也不停流逝。多年來他擔任柏林的特派員，再轉赴維也納，期間經過結婚與離婚。如今他突然獲得晉升，坐上菲利普．諾瓦克曾盤踞多年的哈里法寶座。[1] 終究他負責的那部紀錄片對他的職業生涯與名譽沒有造成損害，甚至還為他自覺平淡無奇的職場歷程憑添一絲傳奇色彩。

路德維克刻意提前抵達，以便能選擇一個俯瞰河岸的座位。時值水位上漲，河水幾乎溢出堤岸，其中夾帶從上游沖刷下來的枝枒。儘管水流湍急，卻永遠無法沖蝕城市的倒影。難不成他期待這座城市的倒映隨河流漂離，被沖向河口？他曾夢想撰寫這種故事，但自認文采不足。在故事中，每座城市的倒影都將與城市本體沖散，順流而下，漂到下一座城市。

每當有女性獨自出現在咖啡廳，他都會心頭一震，自忖：是她嗎？他滿享受這種時刻，像在約會前小鹿亂撞的心境。他喜歡讓感官處於高度敏感狀態，彷彿這些片刻充滿無限不確定性。當她進來時，路德維克一下就認出聲音，是對方沒有錯，確實是無法令人無視的存在。他下定決心當晚盡量少喝酒，以免在酒精作祟下不小心忽視兩人之間的年齡差距。這次他的猜測似乎很準確，除非她是刻意染成深棕髮，並配戴藍色隱形眼鏡以配合他想像。路德維克站起身來，輕喚達娜．魯茲奇科姬的名字，向她打招呼。約莫五分鐘後，兩人各自點了一杯啤酒，就這樣隨意展開談話。他喜歡她的聲音，渴望聽到她說話，也想瞭解眼前的人究竟是什麼樣子。達娜的身材高挑，苗條但不失曲線美，看起來魅力十足。然而在凝視她時，路德維克會不由自主想起希區考克的名言。希區考克曾說自己不喜歡特意將女性特質彰顯在臉上的女人，顯然她也不是這種人，沒有將外貌優勢拿來招搖展示……儘管路德維克喜歡達娜的聲音，她的敏捷思維與即時分析的能力更讓他印象深刻。相對地，路德維克就像腳下流淌的河流般慢條斯理，在對話浮出檯面前需要花時間深思熟慮。他喜歡達娜的機靈回應與風趣幽默，值此同時，也擔心日後自己會淪為她調侃的對象，深怕這股名為達娜的智慧旋風遲早會轉而撲向他。他們的對談歷經百轉迂迴，半小時後，薇拉．福爾蒂諾娃的話題終於初次登場。

「一九九五年，當諾瓦克賦予我這個紀錄片任務時，電子郵件、網路以及像蜘蛛絲般纏繞全球的互聯網都還不存在。達娜，這讓我的工作變得相對單純得多。在前幾次與薇拉．福爾蒂諾娃訪談後，我認定這名女士在周遭建構一道完美的防護網，得採用一定程度的舊式間諜手段，才能讓真相明朗。我想知道她與在世的人有哪些往來。對此諾瓦克跟我意見一致。我們都認為一位出身如此寒微、彈鋼琴就像搬運工的女子，不可能沒有隱身在幕後的同謀者。蕭邦的音樂極其繁複，怎麼可能有人能模仿甚至創作出數百首偽作？不，這個福爾蒂諾娃一定只是精心策畫的藝術騙局中的冰山一角，我想證明這點，因此我的工作變成一場解謎遊戲……。」

路德維克刻意講了這個話題半天，才突然想到這名年輕女子幾乎對所有內容都知之甚詳。她已經反覆讀過案件，這種開場白鐵定讓她感到不耐。路德維克向來擅長吸引女性聽眾注意力，他立刻決定改變方向。

「達娜，現在讓我說些關於紀錄片妳不知道的事，它不為人知的一面。或許去年妳曾看過一則消息，那則消息特別引起我注意。妳應該對佐村河內守這個名字不陌生吧？那麼，仔細聽好。這名當代作曲家因為完全失聰，被譽為**日本的貝多芬**。他也被一些人稱為**數位時代的貝多芬**，因為除了作曲，他曾經為電玩遊戲創作音樂。河內守以他的第一號交響曲《廣島》在日本聞名，那首樂曲是以他一九六三年的出生地命名，他的父親是原子彈爆炸慘劇的倖存者。河內守從四歲開始學琴，數年後，他已經能演奏莫扎特與貝多芬的作品。成年後他開始創作古典音樂、電影音樂，以及如我剛才說到的電玩遊戲音樂。五十歲時他完全失聰，但他表示那是上帝的賜福，讓他得以傾聽內心的深淵……他發行的《廣島》交響曲光碟銷量達到二十萬張，受到廣泛矚目。幾年前在廣島舉行的G8高峰會上，這首曲子還被選為悼念儀式中的演奏曲目，受到各國元首讚譽……此外，佐村河內守另一首小提琴奏鳴曲，曾被選為日本冬季奧運選手比賽的配樂。[2]總之，這名男子的人生順風順水，還具備符合其人設的外貌特質：長髮、墨鏡、洞悉世事的神態、黑色西裝。他失聰的遭遇完美地烘托這種形象，幾乎無懈可擊。在那個時代，人們終於找到能寄情的偶像。」

「然而就在去年，索契（Sochi）奧運舉辦前夕，整座紙牌屋崩塌了。原來這座紙牌屋全都由謊言堆砌，河內守墨鏡下藏著的是一名江湖術士，這名多產的作曲家坦承除了早年一些作品，他發表的其他樂曲都不是親自譜寫。他在記者招待會上致上深深歉意。」

「將近二十年來，都沒有人發現破綻。」

「他坦承了真相，」路德維克一邊繼續陳述，一邊偷偷打量這個故事是否對他的聽眾奏效，「原來在暗中提供他樂譜的人，是一位名叫新垣隆的音樂教授。這位教授由於經年累月的愧疚，威脅要親自揭發一切。從一九九六年以來，這名**傭兵**就一直替這個冒牌貨工作。起初他只提供輔助，擔任對方助手；但逐漸地，他開始得承擔全部作曲工作。當然，他有收到酬勞。在這種情勢下，遲早有一天傭兵會起義揭穿假面具。最終，新垣隆對世人將滑冰選手在索契冬季奧運的短曲表演，歸功於河內守的冒牌樂曲感到忍無可忍。」

「河內守的真相曝光不久，他的**傭兵**不但全盤招認，還進一步爆料河內守只是假裝耳聾，他的聽力其實跟你我一樣正常。」

「去年當我讀到這件事的文章時，我回想起薇拉．福爾蒂諾娃。當時，也就是一九九五年，我堅信她的**傭兵**遲早會現身，宣稱自己才是蕭邦作品的真正創作者。為什麼選擇曝光真相？可能因為利欲薰心，當時發行專輯跟音樂會的日期已近；也可能那名影子寫手純粹想脫離背後靈身分、走向鎂光燈焦點……有哪個人能抵擋這種誘惑？然而，我不能永遠只對此事保持高度懷疑，我還是想搶得消息先機，比其他人早披露真相。可惜我剩下的時間愈來愈少。總編輯不斷對我施加壓力，讓我萬般不適，甚至夜不成眠。

「在紀錄片拍攝尾聲，得迅速完成剪輯的階段，我心中很大一部分仍堅信**這名天才代筆者絕對存在**的假設。我相信對方正在等待在最有利時機露面。他可能只會在數日潛伏不動，也可能幾週，甚至拖到幾個月。問題是……如果他永遠都不現身呢？這是否意味著此人根本不存在？或者是否有可能這名代筆者已經死了，他再也無法聲張自己的功績，因此成為完美的傭兵？我一直對位於高堡那塊沒有名字的墓碑感到好奇。究竟它隱藏什麼？埋葬了誰？」

「即便代筆者已去世，他可能還是會留下一些蛛絲馬跡，例如信件之類的。總是會有線索吧？我有使命感把它們全部找出來！然而同時，我內心另一部分，開始對一個新的線索蠢蠢欲動，讓我用截然不同的角度審視這起事件。」

「我的本我一分為二，一則根據心境，一則根據調查進展。原先其中一方強勢主導，如今另一方卻逐漸佔居優勢。那是一場激烈的肉搏戰，最終其中一方本我絕對需要戰勝另一方，我才能擺脫這場拉鋸戰帶來的內耗疲憊。掀開牌底的時刻逐漸逼近，由於時間不容許我的大腦自行消解局勢，是該催化事件進展。這是為什麼當時的我，最後一次求助於偵探帕維爾．切爾尼。」

「後續的事態發展對我們有利。薇拉需要前往倫敦幾天，參與唱片公司安排的一次採訪跟小型音樂會巡迴演出。這段期間，切爾尼再次入住盧尼克酒店三樓房間。一天晚上我們悄悄躲在窗簾後，薇拉的公寓一片漆黑，鄰近窗戶也是。這棟公寓的住戶都是高齡業主，每個人習於早早就寢。過了午夜，我們認為時間差不多了，薇拉的孩子也不可能荒謬到突發奇想，在這個時間點回家澆花。」

「那是關鍵時刻。帕維爾沒有失誤的空間。他服務過的政權體制已無法為所欲為包庇他，但他似乎完全不怕失手。我承認，只要是多方評估過風險的人可能都不會選擇這麼做。我沒有通知任何人，包括電臺高層。如果我當場被逮個正著，諾瓦克不會伸出一根手指來援助。」

「我們擁有整夜時間，根據過往登門經驗，薇拉家的木質地板不會發出嘎吱聲響。我們穿上擺在玄關提供訪客使用的室內拖鞋，在走廊間滑行。這聽起來很荒謬，但如果這次不潛入，我感覺自己永遠無法在兩種**本我**間下定論。這幾週拍攝、跟蹤和各種形式的監控結果，將取決於手電筒光線探照的盡頭。如果她曾經跟幫忙捉刀的作曲家聯繫過，我們一定可以在她的住所找到兩人打交道的證據。」

「如同我說過，我曾經考慮另一種可能性，就是那名代筆者已經過世入土為安。但即便是這種情況，他也不可能悄然離開不留線索。無論有意無意，那名**傭兵**總會在某處留下標識，以便日後有人能發現他的存在。那是一種生存法則。即使是像特拉文一般極度神祕、嘗試抹去自己身後所有線索的作家，[3]終究也不小心洩漏一些線索，彷彿他內心深處最終依然想摘下面具。我們必需格外留意凡人皆不免百密一疏，最終總會洩露破綻，讓他們的裝腔作勢露出原形。」

「大概在夜半時分，我們開始採取行動。當然我們沒有鑰匙，但這對切爾尼來說完全不成問題。那棟公寓同樓層沒有其他住戶，也沒有監視系統。不到十分鐘，我們便潛入她家，而且有整夜時間搜索。」

「我們必須像忍者一般行動，不讓任何物品掉到地板，以防樓下鄰居聽到奇怪聲響而起疑。也不能在搜索過程留下任何痕跡，以妨她回來後感覺事有蹊蹺。因為高度緊繃而飆升的腎上腺素，讓我精神為之一振。長期以來，我一直渴望跨越新聞和諜報工作界線，我的同事不時也會傳出因為處理危險任務而僭越界線的事蹟……」

「我們的搜查大約在凌晨一點左右正式開始。我想起當小偷竊盜打開保險箱，找到成捆現金時的心情，想必和當下我們內心湧上的激動是相同的。然而，我們還沒有達到那個境界。確實，我們突破入口的門，但那只是通往其他扇門的開端……不過我倒也不太擔心，我想將命運完全交付給那次探訪的結果，根據**找到**或**沒有找到**的東西，在分岔的路口選擇一條繼續前進的道路。我一生中從未處於如此依賴線索的狀態，即使能掌握的線索如此薄弱。」

「任何細節都逃不過我們眼睛。書桌的抽屜完全沒有上鎖，彷彿屋主沒有什麼好隱藏，或者她特意製造這種觀感。完成初步巡禮後，我們分頭行動。帕維爾·切爾尼先確認我可能忽略的藏匿處，之後我分配給他搜索臥室和廚房的工作，我則負責丈夫在世時被充當書房使用的兒童房，房間現在則裝修為客房兼洗衣房。另外，我也去搜查放置了鋼琴的用餐區。」

「薇拉·福爾蒂諾娃的字跡獨樹一格，即便在手電筒微弱的光線下，我依然能輕鬆辨識出來。那些憋腳、笨拙而生硬的字母，無疑是她離校後極少書寫的證明。字母看起來被奇異拉長，不禁讓人聯想到中世紀初期某些書寫字跡。當時的修道院由抄寫修士主導文書工作，某種程度上薇拉也算是一名謄寫員，至少她自願對號入座這個工作類別。可以說，她是一名複製陰影的人，我們在樂譜紙上窺見一些音樂標記明顯是出自她手。

在樂譜上的音符有點符合她尖銳狹長的文字書寫習慣，並非完美的球體，更像菱形或五邊形。偶爾我會稍作停歇，將目光投射到對街我們駐守的房間。

而當我閱覽薇拉的郵件，試圖找出一份不是由她親手寫出的樂譜時，我愈來愈茫然無措。如果在長夜結束前都一無所獲，那我們將被迫且難堪棄守**薇拉・福爾蒂諾娃只不過是一位無名作曲家的抄寫員和代言者**的預設立場。」

「當我全神貫注進行搜查時，時間緩緩流逝。我沒有錯過任何一行字。薇拉最早的信件可追溯到十五到二十年前，其中有兩封信是她丈夫在被關押數週期間寫的。外頭不時傳來汽車駛過倫敦斯卡街道的聲音，提醒著屋外世界依然在運行。偶爾我們能聽見警車由遠而近的引擎車聲，車子一路呼嘯而過，然後慢慢淡出，消失在遠方的尤果斯拉夫斯卡大街。我讀到的一切書信內容，都與薇拉據稱擁有的音樂天賦毫無關聯。至少這些信件沒有任何音樂的內容……也許那些曾在她生命某個片段想要或需要捎信給她的通信者，現在都已不在人世。

我還翻閱薇拉公寓的收據和丈夫的薪資單，以防有關鍵信件藏身其中。樓上某位住戶睡得很沉穩，發出響亮而規律的鼾聲。但有時那種神似打鐵的聲音會戛然中止，讓人憂心那位睡著的人是否心臟瞬間停止。」

「之後在那有如慢動作畫面的現實世界中，凌晨四點左右發生一段插曲。薇拉公寓的電話突然鈴聲大作。在那個年代，電話機上還不會顯示來電號碼。有誰在大半夜還清醒著？哪個人會想聯繫薇拉．福爾蒂諾娃，卻不知道她人在國外？我和帕爾維不由自主對看一眼，不瞞您說，我們眼中都流露些許驚恐。顯然，接起電話絕非明智之舉，但這種誘惑實在太強烈……我們沒有交換意見，卻產生同樣念頭。如果打來的人正是**他**呢？我們在追蹤的那位不可思議、飄忽不定的案件藏鏡人？算了吧！這通深夜的來電可能只是打錯的電話。但我依然本能扭頭看向窗外，注視盧尼克的房間，好像此刻薇拉人並非在外地，而是在我們剛離開的那個房間。」

「鈴聲總共響了四聲，終於停止。在那深沉寂靜的夜晚，每一聲鈴響都讓我們背脊發涼，時間彷彿比現實更漫長煎熬。我們在高度警戒中繼續搜索。我一直有種被監視的錯覺，渴望儘快結束行動。那種感受是來自牆上那些面露莫名微笑注視著我們的肖像面孔嗎？還是來自別的地方？」

「直到最後，我都天真期望在她家裡找到類似日記、或者比較私密的東西，至少讓身為記者的我容易掉入的陷阱，例如一份記錄來自**彼岸**訪客的清單？

我們趕在天亮前悄然離開公寓。我記得自己整整昏睡一天。翌日，我們更加瞭解當晚那通電話來自何處。那是從國外打來，來自福爾蒂諾娃夫人當時下榻的倫敦酒店。」

♪

「從我們無功而返那夜算起，過了兩天福爾諾蒂娃就從倫敦回家了。僅管被迫屈於現實，我依然不願善罷甘休，想再奮力一搏。那就像是人們不願放手時，總會堅持要嘗試最後一次。當時只剩我一人重新開始駐守在盧尼克飯店。說句題外話，我從未想過向櫃檯打聽飯店之所以取名為盧尼克，是否受到一九五九年觸及月球的探測器啟發。[4]

對我來說，我覺得自己像是在觀測福爾蒂諾娃星球。是的，我已經陷入她那邪惡的重力場，一直試圖看見她的幽暗面。即使瑟西女巫一再出手攔阻我，[5] 我為自己訂下最後期限。我將繼續監視兩天，絕不再延遲，之後便會歸納出必要的結論。」

「我感到很焦慮，時間變得日益緊迫。薇拉返家次日，在下午步出公寓。我猜想她是否要去會晤丈夫的那名老朋友。她手上沒有提購物籃，看起來不像是去買東西。我和她相隔大約四十公尺左右，她在前方悠閒漫步、觀賞櫥窗，似乎有充裕時間可消磨。小城裡瀰漫著春天的氣息。早上在跟監空檔，我目睹兩列大型候鳥。牠們在季節交替時開展或合攏像V型旗幟般的列隊，彷彿跟著天空一起嘲弄我，在天邊畫上我跟蹤女人的第一個名字字母。」

「然而薇拉並沒有去見那個人。這次她行走的路線，從未出現在過往我熟悉的偵查報告中，那是一條奇異的路徑，由直角和迴圈組成，彷彿她任憑直覺導航。那天，她讓我聯想起一本美國小說中的人物，那個人穿越紐約路線，勾勒出三個字母：SOS。」

「過了約莫半晌，她開始直直往前走，不再分神瀏覽店舖櫥窗。夜幕低垂，一盞盞街燈逐一亮起。福爾蒂諾娃女士極可能混入從辦公室湧出的下班人潮中，從我的手掌縫隙逃逸。我看到她穿越帕拉茨基橋，沿著麗蒂卡大道前行，然後拐進納德拉日尼街，微微加快步伐，顯然是心有定見往前疾行。最終，她停駐在一〇八號門牌前，隨意翻看擺在金德赫．帕赫蒂街口一家小餐館門口的菜單，接著輕輕推開店門閃身走入。我遠眺那間毫不起眼的小餐館，心裡同時也詫異她這麼早就去享用晚餐。她到底為什麼來這裡？首先映入我眼簾的是餐廳入口，當目光移至招牌時，我瞬間目瞪口呆。招牌上寫著：路德維克餐館（Restaurace U Ludvika）。」

「我轉身後退，穿越馬路躲進一家酒吧，從那個據點監看餐廳出入口。這一切難道只是巧合？某些時刻，人們的大腦往往容易醞釀出各種幻想。為什麼她會穿越大半座城市，只為了早早去到一家不入流的餐廳用晚餐？……約莫過了半小時、四十分鐘，還不到一小時，她獨自步出餐廳。原先我預期看到她和某個陌生人走在一起。但這種驚喜沒有出現！她離開斯密霍夫區，取道河的另一側回家。她可不是個傻瓜，而是藉此擺我一道。她想告訴我，無論如何搜索，我都別想找到什麼新線索。這是她用自己的方法表明自身無所隱瞞。但她究竟如何發現我在跟蹤她？」

1 哈里法（calife）原指穆罕默德的繼承者，被用於稱呼伊斯蘭國家的領袖。這裡使用哈里法取其衍伸意，形容某人在特定領域或機構擁有至高權威，足以控制眾人。

2 這裡是指二〇一四年，日本花式滑冰選手高橋大輔參加索契的冬運短曲表演。

3 特拉文（B. Traven）為一名小說家的筆名，他撰寫的一系列代表作，描述墨西哥南部的貧窮印第安人，在墨西哥革命爆發前遭受的剝削與迫害，以及從中衍生的政治覺醒與反抗意識。特拉文作品充滿對驚險殘酷現實與身體情感痛苦的描述，並以其清晰且充滿即時感的寫作聞名。特拉文據稱是德國人，但他的真實姓名、出生日期、地點與生平，都引發眾多臆測與爭議。唯一可確定的是他曾在墨西哥定居多年。一九四九年，特拉文的小說《碧血金沙》（*The Treasure of the Sierra Madre*）被改編成電影，贏得三項奧斯卡獎。

4 一九五九定為人類探索外太空重要的一年，在該年一月，蘇聯發射探測衛星「月神一號」（Lunik 1），此舉標誌人造物首次脫離地球軌道束縛，並被《時代》雜誌稱為太陽系數十億年來的重要里程碑。同年九月十二日與十月四日，蘇聯又兩度發射無人月球探測器「月神二號」（Lunik 2）以及「月神三號」（Lunik 3）。

5 瑟西（Circé）為希臘神話中最令人聞風喪膽的女巫，她的內心惡毒無比。在希臘神話中，瑟西的登場往往伴隨邪惡與恐懼，她會藉由魔藥、咒語施展巫術，將人變成動物或建立虛假幻影，甚至能藏匿太陽與月亮，讓白晝變成黑夜。

第十七章

「妳知道嗎？放棄**讓騙子現出原形的執念**既是一種解脫，也是另一場噩夢的開始。或許是我對原先計畫搜查的另一條線索還不夠有把握，時機也尚未成熟。在這種令人極度不適的猶豫狀態下，一股異常陰暗的念頭悄悄潛入我心中，猶如冷風灌頂。我已經計畫好後製這部紀錄片的日期，並如實告訴諾瓦克，以爭取一些緩衝時間，但知道他已經等得極度不耐煩。『你到底想達到什麼目的？既然你表示過已經完成拍攝工作，為什麼還延長期限？』我只好答應諾瓦克下週會出席編輯會議，向部門主管與高層針對紀錄片進行詳細的彙報。我向諾瓦克保證會斬釘截鐵告訴他們，薇拉·福爾蒂諾娃是否在撒謊。目前呢？我暫時不方便透露太多內情。」

「我不知道是誰在散布我一無所獲的小道消息，但散布謠言的人對我的心境瞭如指掌。羅曼已經開始參與另一項拍攝工作，他不是謠言的源頭。他可能誤以為自己已喪失與我共同完成的工作成果，我因此才一直逃避與他聯繫。雖然新聞記者通常都是習慣獨立作業的個人主義者，但這次的任務讓我在思考與做出決斷時，格外感到孤立無援。當然，我對自己也抱持諸多疑慮……在最後幾次跟心理醫生、神經科醫生或生物學家的會晤中，我都安插一名攝影實習生。實習生通常不會提太多個人問題。如此一來，羅曼就不會在訪談過程賭氣或爭論。我知道那讓他心生被背叛的感受。他是一個直來直往的人，會對不尊重他行事準則的人懷恨在心。我們倆的關係肯定會因此受損，但這是我堅持已見必須付出的的代價。我不想讓事態變得愈發棘手，也相當了解羅曼的性格。當他感到不以為然時會爭辯不休，如果別人始終無法說服他，也不讓他進而掌控局面，那甚至可能導致他玉石俱焚的風險。雖然如此，我還是盡力避免事事都需費神解釋，或以撕破臉的方式收場。」

「我安排的幾次會晤讓自己窺見隧道盡頭一絲曙光，同時我仍承受萬般壓力。現在還沒抵達康莊大道！我急於穿越的通道相當狹窄窘迫，也無法保證能一步到位。但願我有一絲絲把握，但願我的思緒依附在一個牢不可破、毫不含糊的論點。然而，我推演的論述是脆弱且不牢靠的。我所見到的事物須轉化成文字，轉換為禁得起得起眾人檢驗的推理。有些推測環節似乎還差得太遠，如果我冒然闖入不穩定的領域，那可能會讓我大跌一跤。」

「接下來我經歷的事，也許只是發生在某個尋常夜晚的插曲。但當時難道我完全沒察覺到異樣？沒注意到自己獨自面對的壓力，無法讓旁人產生共感？或許我該找羅曼談談的，可是他身處國家另一端，全新投入一個讓他更有成就感，比我們手邊這個曠日費時的案子更令他滿意的議題。而且，他到底會如何看待這整件事？至於我的伴侶，她已不再出現在家裡。她遺留的衣物仍掛在衣架，一些書籍凌亂散落在書櫃，書的扉頁微開，彷彿在家中潑灑往日時光的懷舊氛圍。但實際上我心神早已遠離。

一天晚上，我像往常一樣閉著眼睛刷牙，突然身體感覺到異狀。平常我刷牙時都是緊閉雙眼，但那晚或許不該這麼做，那讓我沒有目睹事情始末。具體來說發生什麼事？我不知道。我只感覺有一隻手搭在我肩膀上。我伸手朝空氣用力揮拳，勉強睜開眼，卻什麼都沒看見。當時浴室的門緊閉，整件事發生不到一秒時間，卻讓我嚇出一身冷汗。我告訴自己是時候終結一切。」

「我一躺上床就淚流滿面，內心伴隨一股奇怪的空虛感，彷彿我的身體只是在履行基本功能，進食與呼吸。整個晚上我都沒有關掉床邊夜燈。我把那段奇異的經歷歸咎於自己長期過勞，最終在黎明時分才體力不支睡去。當我醒來時，四周似乎已恢復常軌，陽光柔和地暈染在窗櫺上。我到底怎麼了？是姿德恩卡鬼鬼祟祟在公寓捉弄我嗎？

但這些都毫無道理。我很確定她不會再回來，也但願她不再回來。我內心已被掏空，之前卻絲毫未察覺這個反常狀態。我變得空洞與空虛，除了想盡辦法以鴕鳥心態逃避眼前的現實，我已完全失去生命目標。」

「隔天夜晚，我開始陷入一場漫長而不規律的失眠，彷彿被賦予在床上戒備守夜的任務。那讓我感到焦慮，等待睡意降臨的時間似乎凝止不動，白天進行的訪談不斷在我的腦中盤旋。我像是把這些隻字片語反覆擠壓又串聯在一起，試圖從中提取連自己都難以名狀的事物。兩點過了，緊接著鄰近的教堂鐘聲敲響三點，我仍一動也不動躺著，既像個哨兵、又像是呈現躺姿的雕像。半夢半醒間，我聽見四點的鐘聲，之後思緒便進入一條充滿奇異夢境的隧道。我終於睡著了，從一個夢接續到另一個夢。然後，我被自己的尖叫聲嚇醒。」

「一陣令人深感恐懼的急促呼吸聲迎面襲來，我在床尾的右腳腳踝被一隻手牢牢抓住……我到底在哪裡？我還深陷在夢中，還是已經回到現實？如果這只是場噩夢，那也未免太過逼真，真實到我以為自己置身在現實。當我睜開眼睛時，都還能感受到那隻手的抓力……我唯一的反應就是扭開床頭燈，一瞬間緊拽腳踝的手鬆開了。經過恍惚的幾秒，我終於清醒過來。我抱緊蜷縮的雙腿坐起，側耳傾聽，眼睛直愣愣盯著床緣。除了我噗通噗通的心跳聲，房間四周陷入一片死寂。這瘋狂的心跳聲會和緩下來嗎？我俯身探看床下，就像六七歲時在夜裡做的事一樣。同時為了安撫自己，我生平第一次對自己說：路德維克，你必須做點什麼，要快，不能再拖下去了。當我感受到那股鐵鉗般的握力時，意識是全然清醒的嗎？或是身處於一場特別逼真的夢境，只是房間的奇幻情境催化我的幻覺？在驚嚇之餘我已經無法分辨。」

「從來沒有任何工作、紀錄片或生活中的場景，讓我沉浸在這種難以言喻的不安中。必須將恐懼、被剝奪感與無助相加，才能接近我當下的境遇。當時我傻愣愣坐在床中央，被某種不知所以的事物所圍困。

相較於多年前批判蕭洛霍夫文章的事件，當時我儘管震驚，卻絕對沒有像此時這般方寸大亂。那天醒來後，我在傍晚親自前往一名醫生的診所掛號。當我娓娓述說經驗，提及有一隻無形的手輕輕搭在我肩膀，今日清晨我則被一隻緊扣我腳踝的手驚醒時（莫非它們是同一隻手？）醫生輕輕推了推眼鏡，在我還沒說完話前便點頭示意，用極其柔和的語氣表示，『斯拉尼先生，您太疲憊了。您可能自己都還沒意識到積壓在您身上的壓力。那沒什麼大不了，但您需要冷靜一段時間。』接著，我看他草草寫下一種名稱可能是阿茲特克或卡帕多奇亞之類的藥物，聲稱那種藥能讓我擺脫不安的狀態。他將我肩膀被觸碰或在睡夢中被抓住腳跟的感受，都歸因於我極度混亂的精神錯覺，並淡然斷言毋須為此大驚小怪。『在我看來，您描述的症狀相當尋常，雖然那對您造成不少驚嚇，但這純屬正常反應。您必須徹底休息，才能走出這種混沌不清的困境。』」

「過往我從未服用過鎮定劑。在服藥之後，我發現自己鎮日昏昏沉沉，甚至流失部分記憶。當我開口說話時，即使想使用一些簡單詞彙都顯得力有未逮，往往需要苦思幾秒費勁找出詞語。例如當我通知諾瓦克當前病情時，他很快就從我的聲音中察覺我支吾其詞。『再一個星期？』他重複我的話，心裡不知道盤算著什麼，但我明顯感受出他勉強壓抑的怒火。當下擺在他眼前的，就是這麼一個空洞斷片的大腦，他還能拿我怎麼辦？」

第十八章

「接下來幾天時間，我感覺心靈變得強大，也更有信心。我服用的藥物奏效了，讓我能釐清思緒，清晰判讀事情脈絡。躲在家裡讓我有完整的時間，整理出要對他們匯報的大致內容輪廓。我自覺已準備就緒！」

「編輯會議和往常一樣進行，唯一的不同是每個人都打算留到最後，等到我發言的環節。我一抵達就察覺四周充斥漫天問號。他們不敢開門見山問我，或許是怕太早失望。我對他們的心態瞭如指掌。有的人期待我成竹在胸，已經找到對付福爾蒂諾娃之謎的解套；另一派人馬則考量到頻道收視率問題，或受到情感驅動。我很清楚哪些人希望聽到薇拉・福爾蒂諾娃確實曾被陰間訪客蕭邦登門造訪，期待我能捍衛她一再重申的論點，並提出詳細闡述。但抱持這種觀點的人不多。我們的電臺不太彰顯怪力亂神之事……最終，還有一派人馬，同樣也是出於收視率考量，或本身具有理性主義背景，而希望揭發這起事件中的醜聞氣息，見證神祕面紗被揭發。我將諾瓦克歸類於這種人。我沒有告訴任何人結論會傾向哪一方，這不是為了博取關注或加深懸念，而是因為我在整個反思過程，也就是直到編輯會議前兩天，思緒始終處於一種全然不清晰的躁動狀態，如同一碗懸浮著顆粒的湯，三不五時還會被突然的漩渦擾動，難以沉澱。我徹夜無法闔眼休息，像一名將軍在戰鬥前夕反覆檢閱部隊，因為我確實等著迎接一場小小的戰鬥，目標是把我的觀點強加於人，讓人信服。」

「我交手的對象都是新聞圈老手，他們的信念是交叉核實訊息，對於每個消息來源都要查證上百次。他們只相信親眼見證之事。聖．湯瑪斯應該是新聞工作者的守護神。[1] 我打從心底對這些同仁敬畏有加，不想讓我的論述在他們的質疑中鎩羽而歸……」

「我已經沙盤推演數種方式來帶風向，於是便順勢而為展開說詞：

『我忙了好一陣子籌劃這部紀錄片的調查與拍攝，現在終於進入剪輯階段。我想您們大致知道紀錄片粗略的議題內容，也都聽過這名自稱是靈媒的女士。她聲稱在家中接待蕭邦，並根據蕭邦口述譜寫遺作。未來數週，她有望在國內與國外聲名大噪，因為當前她儼然已成為引發瘋狂關注，並狠狠打臉專業社群的話題人物。今天，我要來回答你們之中許多人可能會問的問題：薇拉．福爾蒂諾娃是否真的被這位在一個半世紀前過世的作曲家拜訪？真有這個可能嗎？她是認真的嗎？換句話說，她千真萬確看到了蕭邦，並受到像是一八三〇年與蕭邦交好的德拉克洛瓦或李斯特同等待遇？或者，薇拉．福爾蒂諾娃在記者與輕信者的眼皮底下撒謊，不斷招搖撞騙？如果是後者，那她是這場精心騙局的設計者或同謀？我將盡可能明確回答這些問題，因為我的結論將決定這項特別報導的角度，我本人近期內也不會再做類似報導。』

『菲利普，當您交辦我這項紀錄片任務時，特別強調我的科學新聞記者背景，是處理這類題材的最佳人選。在您跟我談及此事當天，我根本不相信什麼與蕭邦交手的故事，您可以證實這一點。我要順便感謝您提供所有必要管道，讓我能密切監視這名冒牌鋼琴家。此外，我也賦予薇拉．福爾蒂諾娃充分發聲機會。我們多次在她家拍攝，也積累大量訪談資料。在過程中，我們發現她是一名沉著冷靜、穩重理性的女性，似乎既沒有幻想症，也不患有任何心理疾病。透過監視抽絲剝繭出結果同時，我們也逐漸認識與瞭解這名謙遜、乍看之下似乎不具野心的女性，這點讓我在持續觀察、監控她過程中，也感到懷疑與不解。薇拉的信件內容被拆閱，電話被竊聽，她所到之處都被追蹤，因為我們毫無懸念一致認定在她身後，必有一名神祕藏鏡人。我們竭盡所能想揭發對方真面目。剛開始，我們的期望落空，但我們堅持不懈，相信最終她總會露出馬腳。例如有一天當我們在拍攝她時，她說明自己正按照蕭邦的口述作品彈奏。順帶一提，她可說完美履行自身人設，在整段流程中找到破綻並非易事。』

『我在訪談中，給她設下一個陷阱。想先請問，你們當中有人聽過萊斯利．

弗林特嗎？』

「『美國那名A片演員？』有人回答，全桌立即爆出笑聲。『那是拉里（Larry Flynt），』我正色糾正。『我說的是萊斯利，語音媒介通靈者者萊斯利．弗林特。隨著時代演進，他行騙的技術逐漸被揭穿……這個人聲稱他能跟已故名人交談，並錄製對方聲頻……我弄到一個被公認為是蕭邦聲音的錄音檔，並播放給福爾蒂諾娃女士聽。當我問她是否認識那個聲音時，她上鉤了。『我是否認識？』她立即回答說，『那是我每天都聽到的聲音呀！您現在是讓我聽弗林特的錄音，對吧？』」

『福爾諾蒂娃女士居然輕信這名江湖騙子的**傑作**，她立刻輸了這一局。那天，我終於攻下一分……但另一次我想設局給她，結果卻出乎意料。當時，她表示蕭邦就在場，我便要求她畫下蕭邦速寫。過去我們曾觀察到她對繪畫的喜好，她具有繪製肖像畫的才華，理應能透過畫圖證明蕭邦確實在那裡……她猶豫了一下，嚅囁說出一些藉口，接著只能應允了。』

『當她遞給我們完成的畫紙時，我簡直難以置信。她畫的確實是蕭邦，我難以想像她能只憑記憶就畫出這個肖像。當下我目瞪口呆，感到極度不安，既對她莫名憤怒，也對自己生氣。一言以蔽之，我幾乎對眼前一切都感到憤怒了。』

『最終，我將所有期望都寄託在對福爾蒂諾娃女士的跟監上。有好幾回我幾近放棄，這輩子即使是在調查複雜的司法案件或政治醜聞，我從未感到如此孤獨與茫然失措，就像墜入五里霧一般。我所謂的放棄不是放棄紀錄片，而是不再執著於中立的專業報導，不再堅守謹慎冷靜的描述。那就像一名廚藝高超的大廚被要求做炸魚排餐盒一樣。我差點自暴自棄對觀眾說：你們自己看著辦吧，我不想管了……那名偵探也從追捕冒牌貨的戰場無功而返，最初我們設計的各種監視手段都起不了任何作用。當我們收網時，網子裡空空如也。我們萬般無奈，隱約感覺受制於某種更強大力量。福爾諾蒂娃女士定期會在盧切爾娜迴廊與一位朋友對弈，我們與她彷彿也有著相同戰況，她已經有幾步棋的優勢，過不了多久我們就會被將軍。』

『然而，如果真是如此，現在我就不會在這裡和你們侃侃而談。我可能已經洗手不幹另謀出路，或至少換一個主題。但某天一段對談溜出某個詞彙，引起我警覺。此前我從未聽聞過那個詞。』」

「那一刻，我感受到聽眾被勾起興趣，長型橢圓桌四周的緊張氛圍再度升起。善加利用他們對事件關注度的時刻到了，我很清楚自己正進入演講最微妙的部分，在很短時間內骰子即將開局。」

「『那個詞彙相當迂迴卻有力地幫助了我……』我向大家說，『多虧於該詞，讓我如今對事實有另一種解讀，也對薇拉・福爾蒂諾娃有一種理解。』

「我深深吸一口氣，環顧桌子四週，在不太確定自己究竟對誰訴說的情緒下，我以一種前所未有的沉重口吻繼續，就像靈媒進入恍惚狀態時，會以類似於接觸的亡者的音頻說話，『薇拉・福爾蒂諾娃不是裝神弄鬼的首腦，她背後沒有隱身的作曲家，也沒有為她捉刀的鋼琴家。這名女士從來都沒有任何欺騙意圖，她是我所認識最真誠、最不具野心與潛在動機的人。我們必須承認這難以接受的事實：薇拉過去與現在確實能看到蕭邦，就像我在這裡看著你們一樣。』」

「不管怎麼說，」路德維克對達娜說，「我大可把眾人留在原地不再多言，是吧？我參與編輯會議的目的，不就只是向他們陳述結論？難道我還需要帶他們直搗我的後臺？但經過一番思索，我認為那是必要的。如果我想引導他們走向預設的方向，那確實必須如此！因為我在他們眼神中察覺許多疑惑。」

「羅曼似乎是在眾人中顯得最詫異的，我能體會他的感受。諾瓦克也表現驚訝，但仍保持微笑，靜候我進一步發表意見。或許他在等著看我最終失敗？至於大老闆則緊皺眉頭，表現出一絲好奇甚至難以置信，我不太確定那神情傳達的訊息。無論如何，我感覺聽眾重燃對這個話題的強烈興趣，於是趁機提出那個讓我警醒的詞彙。我向他們提到我的伴侶，以及她對東方主義與西藏喇嘛奇特靈修的濃厚興趣。」

「『有一天我跟她談起薇拉與她異常的現象』，我向在座人們分享，『她半開玩笑說，薇拉可能在面對一個**圖帕**，亦即一種對蕭邦的心靈投射。過往我從未聽聞該詞，我像是被搧了一記清脆的耳光。如果我理解正確，圖帕是一種將幻想具象化的超能力。一名長時間接受某種冥想訓練的人，心靈可能產生一個客體。爾後，這個客體逐步脫離創造本體的掌控……不，我絲毫不相信那名經常造訪薇拉的對象僅只是個**圖帕**。但奇怪的是，人的思考迴路能瞬間被一個詞語所改變，如同撞擊球檯邊框後反彈的撞球一樣，啪，就這麼入袋了。對於那些熟知榮格書中典故的人而言，這個詞藻就像金色甲蟲撞上玻璃窗，並與一名患者的夢境相互呼應……。[2]

從那天開始，我決定擴大調查範圍，因為深感自己始終在原地打轉，躊躇不前。從那一刻起，我不再只從欺詐、幕後藏鏡人或偽造作品的角度思考問題，也許應該往其他面向看。例如**畸形**、**反常**或令人匪夷所思的奇想……如果是從這些對我們而言謎霧重重的思考角度呢？我翻閱許多以前從未讀過的書，並與腦科學專家、神經學家與精神科醫師見面。沒錯，一個由西藏高原傳下來的詞語竟能為我另闢蹊徑……關於圖帕的概念，有些德高望重的東方學者曾聲稱能具象化這類心靈客體，見證它逐步發展。然而，薇拉．福爾蒂諾娃根本不是佛教徒，她從沒有練習任何冥想，除非基督教的禱告也算是一種冥想。而且我再次強調，我們這裡說的不是特定情況下能脫離掌控外的實體……。』」

「達娜，當我談論到獨立於人們掌控之外的實體時，我相信有些人想到拉比．盧伊的泥人戈倫，[3]這種十六世紀在猶太區巷弄游蕩的泥作怪物……但是，有別於這種泥塑版的科學怪人，圖帕不是由物質塑造，而是由靈性構成。我想跟他們說的正是這個——人類的精神。我只想談這個，我們才剛起步要探索這片疆域。」

「『所謂科學，』當時的我接續說道，『就是在某個特定時刻，捕捉到對知識與無知的瞬間縮影。直到十九世紀末，最有見識的理論家都還將原子與電子，描繪成一顆恆星和它周圍環繞的行星。雖然稍後量子力學揭示這種概念是完全錯誤的，但長時間以來，原先的學說都被視為真理。試想，如果一位活在一八八〇年的物理學家，被告知電子並不總是一個物質點，而是四處遊走的小波段，他會作何感想？或者如果有人跟他說，某方面而言宇宙不是固體物質，而是由振動所組成？假設那名物理學家知道此事，一定會斥之為異端邪說，因為立基於長久積累的認知，讓他認為自己才是正解。他身處年代的思維並不具有足夠知識去接納這項事實，甚至可能無法想像。

那如果這名活在一八八〇年的物理學家又被教導，他的身體與大腦在每分每秒，都有數十億中微子穿越，他又會如何反應？對於這些能穿透一切——混凝土、地球核心與生物——來自宇宙深處的微粒，他會如何評論？他可能會反駁那是奇幻文學，根本不具有科學根據。然而，這一切卻是真實的。甚至是伽利略！連伽利略本人都曾栽在自己的理性主義中。當克卜勒宣稱潮汐現象是由月球引力引起時，伽利略嗤之以鼻；日後伽利略卻因提出日心說研究而被撻伐，在一六三三年的審判中被迫否認自己的信念。[4] 當時眾人還認定地球沒有圍繞太陽運轉。』」

「『受制於此刻九〇年代的知識，我們也在重蹈覆轍。我們的認知難以預見未來的發現，這些發現必將顛覆眾人對世界的理解。』」

「『如同克卜勒與伽利略在他們身處的時代，提出潮汐與太陽中心說一般，有些物理學家超前許多。你們都熟悉柏拉圖提出的洞穴寓言：一群面向洞穴內被鎖鏈綁縛的人們，看到洞穴內壁上的人事物，其實都是洞口外的人與物，透過火炬與陽光投射進去的陰影。對於那些被鍊住的人來說，現實就是這些皮影戲的表演，除此之外不存在其他。那些影子是活生生的存有，是洞穴中的人看不見的現實投影，然而他們無法理解。』」

「『現今許多科學家認為，我們肉眼目睹的許多現象，可能都只是**牆上反射的陰影**。量子物理學對這種懷疑一定有相當大助力，它讓科學家對人們建立的確定性產生懷疑。有誰能想像到極度唯物主義的蘇聯，會潛心研究心靈感應或催眠等現象？在五〇、六〇年代，蘇聯科學家針對成千上萬受試者進行實驗，甚至還發表研究結果。列昂尼德・瓦西里耶夫（Leonid Vassiliev）是巴夫洛夫的學生與助手，他曾進行非常有意思的電視催眠研究……美國太空總署也不甘示弱，積極研究遠距心靈感應的可能性。』」

「『您看，近幾十年來頂尖思想家的觀念發生顛覆性變化。費曼在獲頒諾貝爾獎十五年前，就提出一項令人不安的理論。[5] 根據他的說法，某些粒子具有時間倒流能力，能向未來與過去兩極方向移動。您們可意識到這些粒子能跨越時間藩籬，不只在過往與將來移動，甚至能替物質發放回程簽證！另一名諾貝爾獎得主約翰・艾克勒斯對傳導場域的概念很感興趣，那個概念主張兩個靈魂只要透過思維就能交流。[6] 此外，有為數不少的理性主義學者也相信，柏拉圖提及人們在洞穴所見的影子並非全部來自現實之物，還有更多未知的存在。』」

「『在結束前，我還要引述一下發現中微子的科學家沃夫岡・包立的觀點。[7] 一九四五年，榮獲諾貝爾物理學獎的包立對超感官知覺進行深入研究，他的名字與卡爾・榮格緊密相連，兩人共同創造並改良共時性的概念。』」

「『上述我所提及的都是最傑出的例子。瓦西里耶夫、包立、艾克勒斯、克卜勒、伽利略、費曼等人都跨越極端挑戰，在科學界登峰造極。

我們無需因為對**人類心靈的未知能力**深感興趣而自覺荒唐可笑……容我提醒各位，數千年、數百萬年，不，是數十億年以來人們不是都默認信仰一名全能上帝的概念，卻也尋覓不著祂確切存在的實證？難道我們不能對科學尚待解釋、頂尖思想家仍在鑽研的事物保持敏銳與關注？』」

「『我已經說出自己錯誤的推論。之前，我認為姑且不論這起事件是否牽涉到幕後主使，都是椿精心設計的欺詐。一名已故的作曲家怎麼可能從冥界重返，完成他生前未竟的作品……但我現在要告訴你們我相信的事，無論如何，福爾蒂諾娃確實看得到蕭邦，這合理解釋在我要求她速寫蕭邦時，何以她能如此生動描繪出來。她是否受到幻覺困擾？一切都來自她的潛意識嗎？我不認為。在現有知識中，只有這項假設無法被推翻。

過去幾週，我會晤了生物學家、物理學家和神經學家，並在紀錄片中讓他們詳細講說鮮為人知的幽微心靈能力。您們當中有些人可能覺得我的結論過於大膽，一部分人則可能認為太牽強；然而，這確實是我從當今科學領域最尖端的知識與直覺中蒐集到的訊息，是一個知識淬煉的產物。在我看來，福爾蒂諾娃女士完全掌握蕭邦的精髓，包含他的個性、才華與情感。』」

「『她的行徑不是傳統意義上的剽竊，而更像一種沉浸。要如何做到這點？那就是透過進入世界的深沉維度。我們每個人都浸染在集體記憶中，如同生命每一刻被數十億中微子穿透。薇拉身為一種媒介，必然擁有超出凡人水準的感官觸覺與敏銳度。她比普通人更能吸取浩瀚意識雲朵所凝結的水滴，那就像是徘徊在一個無窮圖書館的資料庫間。我們可說她**汲取**了蕭邦的性格（彷彿吸血一般），與他**連上線**，因為就像其他一切事物，至今蕭邦的意識和記憶依然長存。這名女士聲稱自己在蕭邦的口述下聽寫，似乎以自身方法重新溫習與活化音樂家某種要素。她也許可能產生錯覺，也就是她內心的蕭邦並非她認識的樣貌。但這種**對現實的錯誤認知**跟**無端的幻覺**迥然不同。我無法再用其他方式表達，我本身已達理解的極限……我確信這名女子是真誠的，請容我在這裡鄭重重申我的感受。然而，現在我只剩一件事無法解釋：為什麼當薇拉聽到萊斯里．弗林特的錄音時，會聲稱那是蕭邦的聲音。綜合我前述的看法，薇拉．福爾蒂諾娃並不是某個**珍奇博物館**中異常或奇特的展示品；相反地，我認為她是人類未來可能演進成的先鋒。

或許有一天，人類能成功探索自己的大腦，以及透過心靈感應能發展的種種可能，甚至解開神祕的集體回憶迷霧。[8] 當前我們需要的只是保持耐心。再過個幾世代，我們將撥雲見日，或許一切都變得容易理解。』」

「當我發表完那段**還需要等幾個世紀才能被驗證真偽**的言論時，唯一奏效的似乎只有逗樂與會者。我看到大家綻放笑容、困惑的表情轉淡。然而，緊接著，會場內又陷入一陣冗長死寂。有好一陣子，每個人的表情、眼神與手勢都定格，彷彿在場十幾名同事都需要我重複剛才那一段發言，以確保他們沒有聽錯。當時在會議室，甚至連音樂廳換場時觀眾席常出現的輕咳聲都沒有。這股沉默一直僵持到諾瓦克對我致上謝詞，並問我何時完成剪輯為止。」

「那一瞬間我不知道該如何自處。一方面，我覺得自己終於從壓力中釋放，但接踵而來的是更多憂慮。與其面對死寂，我寧願正面迎戰仇視的目光、刻薄的評論和嘲諷的竊竊私語。我寧可別人用一些論證來戳破我的觀點。但事與願違，大家彷彿什麼都沒有發生，重拾話題繼續閒話家常、討論工作……」

「當天，在那樣詭異的情境中，我進入剪輯的收尾階段。難道我的研究對科學和可知範疇的探索，終究只能得到這種詭異且充滿隔閡的回應嗎？或許我應該留給他們一點時間消化海量的資訊，我只需要再耐心等待，又或者……在傍晚時分，當我和剪輯師並肩奮戰三個小時，正打算收工時，電話鈴聲突然打破被隔絕的氛圍。我既期待這通宿命的電話，又感到憂心忡忡。」

「『該怎麼跟你說呢？』五分鐘後，諾瓦克安坐在辦公桌前反問我。他的口氣彷彿在靜候我接續他想傳達的話，但前提是我得先知道後話是什麼吧！

在我眼前的人不是我顧忌的尖酸傲慢的諾瓦克，不是那個透過語氣踐踏我某條不可逾越底線，令我崩潰走心的諾瓦克。不，現在的諾瓦克十分反常，從他游移閃躲的眼神，我已經預知他要宣布的不是好消息。然而我按耐住幫他緩頰的衝動，選擇讓空氣中的靜默更加凝重。這是第一次尷尬的氣氛反彈到他身上，我已經用最誠摯的方式向眾人陳述看法，從那一刻起就完全解脫。換句話說，我已經踏上心中所願並且應該抵達的地方。無論是放把火燒掉我的回航船隻，或讓我落入埋設的陷阱——如果諾瓦克確有此意——我都已經無所謂。」

「他到底打算如何開口談這件事？沒錯，那是當下我唯一未知的問題，剩下的幾秒鐘，我都能猜得出他會說什麼。我感覺到某種程度上，他是贊同我的。『快點搞定這個議題，路德維克，』他用上對下的口吻說道，『你會為我們搞出像樣的成果，你一直擅長如此。但這次超過界線了……呃，該怎麼說呢？總之控制一下自己吧！』諾瓦克的話讓我感覺到所謂邊界，**界線**這個詞正是姿德恩卡過去提過的。『路德維克呀！貝倫（大老闆名字）和我都反覆思考，』他附耳悄聲對我說，還加油添醋一些不重要的細節，『他們仔細衡量後做出最終評斷。

你的故事很意思，你的種種假設以及跟我們分享的內心想法，都讓我們很欣賞，』他停頓幾秒鐘後接續道，『我們都注意到你的誠懇與全心投入。今天早上在會議上的情況不是針對你個人，千萬別誤會了，我們非常欣賞你的工作。但怎麼說呢？』」

「我任憑諾瓦克陷入詞窮的窘迫，不是為了冷眼旁觀那場景，而是我漸漸被一種奇特的冷漠與抽離逐步侵襲。一名詩人的話突然在我腦中浮現，『我是一座擱滿空瓶的架子。』那確切描述當時我的狀態。我從未像當時那般意識到每個人都是獨自與內心深處的迷惘共處。到頭來，沒有任何人有興趣同理他人的誠懇、假設或內在信念。」

「『這項決定並非出於我個人，但必須坦承我確實也有附議。如同你能想像，這是高層的裁奪，我想反對也於事無補。』」

「我淡然聽著那個像是我的命運主宰本丟．比拉多般的人提出各種解釋，[9]或者更確切來說，根據諾瓦克的說詞，來自高層的主張。他們不顧我充分闡述的調查結果，寧可要求我停止挖掘此事，止步於表象事實就好。諾瓦克反覆強調，『追根究底可能就是一種過失，』我對這句話記憶猶新。『尤其你提出的諸多假設……你真的打從心底相信嗎？過去我熟悉的路德維克比現在更理性。（我選擇不接話）這些假設不管有多少價值，我都不認為能被普羅大眾接受，至少無法在現今社會通行。也許時機尚未成熟，來日方長，可是我們畢竟得活在當下，是吧？這不是我能控制的，只能這樣了。』總歸一句，高層更偏好製作出一部中性且平易近人的作品，可以賣給國外頻道；更重要的是他們需要能迎合**大眾品味**的成果。諾瓦克直搗核心，總結道，『這部紀錄片長度只要二十六分鐘就綽綽有餘。』」

「一切就這樣拍板定案。由於我提出顛覆傳統的結論，原先預計將有五十二分鐘的節目被硬生生砍半。我彷彿置身於軍營操場，當著部隊同袍面被拔除軍階。

步出諾瓦克的辦公室後，我像夢遊般在各個樓層毫無意義瞎晃。唯有穿越編輯部蜿蜒的走廊，我才能步入這一天盡頭，迎面而來的是外頭漆黑嚴寒的天色。

我不禁想起最初的擔憂。當時，我將自身的焦慮歸咎於一種偏執：諾瓦克在得知我與姿德恩卡的關係後，試圖透過一部不可行的紀錄片進行報復。然而事情可能比我想得更平淡無味。我提出的各種假設在頻道上被銷聲匿跡，除了大幅度刪剪與改變報導角度，以及那終將煙消雲散的屈辱感，基本上我不會承受其他後果。我只能嚥下此次挫敗，翻過這一篇章。至於姿德恩卡贈與我那張作為分手禮的藏文小紙條，還真是瀰漫著毒藥氣味。」

「當我正要離去時，我巧遇完全不像過去一樣隨時面帶微笑的羅曼。愚蠢如我還傻傻以為他剛剛遭受某個沉重打擊，處境可能比我更艱困。也許是他久病的兄弟去世了，我從未見過他如此鐵青著臉。我又再一次錯了！達娜。我想再來一杯啤酒為今天的故事畫上句點。陪我喝最後一杯，快要進入尾聲了。我終究得在那段時間的棺木上，釘上最後一根蓋棺釘。只有聽下去妳才會明白我想表達的一切，如果此刻我還能清晰思考。

羅曼，是他的樂觀與單純讓我撐過整整幾星期，如今他卻對我冷眼相待。『我們同甘共苦那麼久，』他說道，『我一直以為我們是工作上的共同體。最後我發現事情並非如此，這一路以來你都對福爾諾蒂娃的說辭嗤之以鼻，後來你彷彿因為走偏方向感到羞愧，而拼命邀約一個個補強紀錄片的訪談，卻對我隻字不提。原來一切運作都是導向剛才那一幕：你決定翻盤，坦承她是真誠的！而這一點其實從第一次訪談時就已清楚擺在眼前，所有人都看在眼裡，只有你視而不見，甚至對我苦口婆心勸你的話充耳不聞……』」

「羅曼在轉身離去前對我丟下最後那幾句話，連讓我解釋的機會都不給我。其實當初在改變方向時，我陷入天人交戰，在懸而未決與重燃希望之間搖擺。我只想在最接近真相時和他討論……。」

「達娜，在大量訪談被剪輯留下的影片中，沒有一條訊息是假的！然而，當紀錄片播出後，我卻沒有勇氣再聯繫薇拉・福爾蒂諾娃，她也沒再聯絡我。

我應該把她的緘默解讀成媒體曝光後，她必須回應來自各界的邀約嗎？或歸咎於她發覺這部二十六分鐘的影片不溫不火，每個運鏡幾乎都被諾瓦克審查與修改過，而衍生遺憾？為了讓我稍感安慰，諾瓦克允許我在影片尾聲直言儘管調查過程進行多方跟監，但並未查出任何裝神弄鬼。」

「時間就這樣悄聲無息流逝，日復一日，周而復始。紀錄片播出後，轉眼冬去春來，我已漸漸習慣福爾蒂諾娃夫人從我的日常消聲匿跡。」

「你再也沒有和她聯繫了？」

「且慢，妳等等就會知道了。我收到她寄來一封彼得・卡廷音樂會的邀請函，她會在演奏會上彈幾曲。但因為她的鋼琴技巧不是很高超，大部分曲目還是由卡廷擔綱演奏。我本來應該在演奏會落幕後去看看她，但我沒有。我也不時會在收音機中**碰巧**聽到薇拉的聲音。她似乎沒有因為聲名大噪而改變，聲音還是那麼纖弱，像是一位對世事充滿探索熱情的少女，個性也依然無比謙遜……。」

「我們大約有超過一年的時間沒有直接接觸，久到我都以為她被我的明查暗訪所冒犯與傷害了，雖然最終我的採訪角度對她是有利的。難道是因為我在影片中詳實報導曾對她進行監控的裝置嗎？後來在某天夜晚，當我回到家時，我注意到電話答錄機警示燈在閃爍。一種預感襲上心頭。」

---

1 湯瑪斯．摩爾爵士（Sir Thomas More, 1478-1535），英格蘭政治家、作家、哲學家與空想社會主義者，北方文藝復興時期代表人物之一，又被稱為「烏托邦主義之父」。由於被天主教會封為聖人，又被稱為聖湯瑪斯．摩爾（Saint Thomas More）。摩爾深受希臘羅馬古典文化影響，尤其是柏拉圖與其著作《理想國》，將其改革理想以拉丁文寫成《烏托邦》（*Utopia*, 1515）一著。此書對往後社會主義思想發展造成深遠影響。一五三四年，英格蘭議院通過《最高治權法案》，宣布亨利八世為英國教會最高首領，全國臣民皆要宣誓承認。摩爾由於拒絕向繼承法宣誓，而被囚禁於倫敦塔。一五三五年，國會通過《最高治權法案》與《叛國與異端法案》，並根據該法案判處摩爾判國罪名，同年七月摩爾被送上斷頭臺結束一生。

2 榮格（Carl Jung，1875-1961）為瑞士心理學家，以對潛意識與心理學貢獻聞名。榮格治療患者中曾有「聖甲蟲之夢」一例，一名性格偏執的女性病患擁有抵抗情結，榮格在療程中開窗抓住一隻撞擊到玻璃窗的金褐色蟲子，放到患者手中，表示：「這是你的金甲蟲。」女士認為那隻蟲子與她夢中見到的甲蟲幾乎一樣，遂瓦解了原有心結。

3 拉比．盧伊（Rabbi Loew，?—1609），原名為Judah Loew ben Bezalel，知名的猶太神祕主義者、塔木德學者、數學家、天文學家，擔任十六世紀布拉格的總祭司拉比。盧伊曾撰寫有關戈倫（Golem）的故事，使其變得家喻戶曉。在猶太神話原始版本中，戈倫在聖經中為亞當的化身，被以地球最初物質——黏土所捏塑。猶太祭司將象徵真理與生命的希伯來文「emet」刺在戈倫額頭上時，賦予戈倫生命。而唯有將該詞第一個字母移除，即改成希伯來文的死亡「met」時，戈倫才會被毀滅。盧伊在其著作中，創作戈倫保護猶太人免於受反猶派迫害。

4 此指一六三三年六月二十二日舉行的羅馬教廷大審，伽利略被迫放棄「地球並非宇宙中心，太陽才是宇宙中心」的「日心邪說」，並因其異端邪說被判定終身監禁。

5 理查．費曼（Richard P. Feynman，1918-1988），美國知名理論物理學家，以對量子力學路徑積分表述、量子電動力學，以及過粒子物理學中部分模型的研究聞名。一九六五年，費曼對量子電動力學的貢獻，讓他獲頒諾貝爾物理學獎。費曼在分析狄拉克於電子方面的原作時發現，假如將時間方向逆轉並同時將電子電荷顛倒，則方程依然成立。換言之，一個在時間中後退的電子，與一個在時間中前進的反電子相同，一粒時光順流的正電子，等同於一粒時光倒流的電子。

6 約翰．艾克勒斯（Sir John Carew Eccles，1903-1997），澳大利亞神經生理學家，一九六三年在突觸研究方面取得進展，獲頒諾貝爾生理學或醫學獎。在得獎論文中，他主張神經細胞彼此間有無形的溝通物質，那就是靈識的構成。這種非物質的「意識」在肉體大腦死亡後，仍然存在並能有生命活動形態，得以永生不滅。

7 沃夫岡・包立（Wolfgang Pauli，1869-1955），奧地利理論物理學家，量子力學研究先驅之一。一九四五年，包立因提出包立不相容原理而獲得諾貝爾物理學獎，該原理為理解物質結構與化學的基礎。

8 集體記憶（collective memory）的概念在一九二五年，由法國社會學家哈布瓦赫（Maurice Halbwachs，1877-1945）首次提出，意指一群人共享過去的記憶，包含實物、風俗習性、知識思想與情感認同等。集體記憶體現整個群體較深層的價值取向、情感與心態變化，由此形成的群體意識作為一個有機整體，對群體的凝聚與延續有重要作用。

9 本丟・彼拉多（Pontius Pilate），羅馬帝國猶太行省第五任羅馬長官，約於西元二十六年到三十六年期間在任。彼拉多最為人熟知的事蹟，為判處耶穌釘十字架。當時猶太公會判決的死刑，都必須由該省長官批准。

第十九章

「聽到薇拉的留言時，我從她的聲音語氣中重溫專屬於她的愉悅平穩。這名女子的恬靜總令我訝異。她半開玩笑道歉說自己應該是被明星光環沖昏頭了，都忘了為那個**節目**向我道謝，並表示改日會再打給我。我沒有等她改日回電。她話語中微小的停頓（這一點都不像她的說話習慣），有東西誘使我刻不容緩重新聯繫她。她在電話答錄機沒有明說，更確切來說，她想傳達的事件隱藏在欲言又止的沉默虛線中。」

「我致電給她，小聊了一下媒體的狂熱，以及她如何應對一夕爆紅衍生的亂象。她依然保持冷靜，以幽默感應對萬事，並保持冷眼旁觀的距離。但她隻字未提我為她量身打造的紀錄片。我問她近期是否一切都好，當名利浪潮褪去後，她需要什麼協助。她緩緩回答一切都好。之後我任由她陷入漫長思考的沉默中。

『我想和您談件事，路德維克。您這週有時間來喝杯茶嗎？』

『我們之前已經討論許多。您提到的不會是太緊急的事吧？』

『不是的，一切都好，不會很急。只是您可能會對這事有點興趣。』她說。」

「翌日下午，我們在她家見面。我承認自己對她家中的碎花壁紙、牆上的畫作以及桌上的小擺設，都有些睹物思情的感傷。這一年來它們被分毫不差擺放在原位，房內也依舊飄著淡淡的丁香花香。

『幾天前，已經消聲匿跡好長一段時間的蕭邦又現身了。但與過往不同的是，他不是獨自前來……有一名未曾謀面的男子站在他身旁。蕭邦向我介紹，對方是維克多·烏爾曼。我對這名猶太作曲家的名字並不陌生，人們常常在提到納粹暴行時會以他為代表範例。然而，我從未見過他的照片。他的穿著典雅、面露微笑、禿額、有一頭烏亮的黑髮，有點像亞洲人。他用德語和蕭邦溝通，然後用捷克語對我說話。他需要我的協助。』

『您以前不曾聽過烏爾曼的作品嗎？』

『剛聽到他的名字，我聯想到的是《亞特蘭帝暴君》，[1]那是他被送到泰雷津集中營後創作一齣與幽冥相關的歌劇。我對他的認識僅止於此。多年前我曾去過泰雷津，造訪那座高牆幽禁的集中營。我無法想像在那種地方，竟有人能鎮日活在死亡的威脅下譜寫出歌劇。蕭邦引薦烏爾曼後，就留下我們先行離去了。我對烏爾曼的感應斷斷續續，無法清晰接收到他對我說的話。當時，整個城市浸染在傍晚時分，四周充斥人聲喧囂與教堂鐘聲的迴響，那是否因此阻礙我們對頻？過去與蕭邦會晤時，也曾發生過因為體力不佳而無法繼續集中注意力的狀況。烏爾曼沒有停歇太久便離去了。最終，我明白他是來跟我討論他的《亞特蘭帝暴君》，這部作品不知何故，在戰火浩劫中倖存下來。他在泰雷津沒有足夠時間讓這遺世作品臻至完善，因為最終他被流放到奧斯威辛集中營等待被處決。他之所以現身在我面前，就是希望我能聽寫出這部作品幾個修改地方……儘管溝通感應不順暢，我還是依照囑咐照做了。烏爾曼解釋道，原先作品某處的節奏是在一個四分音符後緊接著一個八分音符，但最終他認為反過來可能更好。』」

「『您覺得味道如何？』

『您說什麼？』

『茶的味道如何？』

『噢……很好，非常好喝。』

『我發現現在坊間有些茶葉品種，是在兩三年前還不曾看見的。這是一款白茶，不能用太熱的水沖泡。』

『您將紅茶換成白茶，與烏爾曼將白鍵換成黑鍵的懇求正好相反！』」[2]

「她笑了笑，立即心領神會我試圖將話題引導回她剛剛描述的事。『簡而言之，』她重拾話題，『烏爾曼在我手邊沒有樂譜的情況下，依然向我口述好幾處這類的修改。他還堅持其中一段樂章不應該再由大鍵琴伴奏，而是改用長笛、小提琴和大提琴齊奏。我憑空記下內容……過了一會兒，當我愈來愈難以清晰接收到烏爾曼先生話語時，我發覺他已經悄然離去。我茫然不知道該如何處理剛才的紀錄，應該將它轉交給彼得・卡廷，讓他找熟識的音樂出版社處理嗎？我應該馬上開始修改嗎？烏爾曼沒有下達任何指示。我也不知道他是否有其他想修改的地方。由於那次溝通效果不佳，我懷疑他是否會再次嘗試這個管道。兩週過後，我幾乎認定我們初次聯繫，應該也會是最後一次了。然而三天前他再次出現。』

『他獨自前來嗎？』

『是的。他滿面笑容，但比上次來訪時更顯侷促不安。這次，他的聲音更加清晰。烏爾曼當下沒有要求我做任何事，只是談論在泰雷津集中營被幽禁的歲月。奇怪的是，他在那裡能自由創作與演奏自己的作品，甚至成功排練《亞特蘭帝暴君》這部描述死亡的歌劇，但之後親衛隊察覺他的創作意圖，便不允許歌劇再上演……』」[3]

「『直到一九四四年夏末，烏爾曼重燃希望。當時俄羅斯人逼近，美國軍隊在法國登陸……。[4] 然而在此同時，前往奧斯威辛集中營的死亡列車再度啟程向北，一路直達滅絕營。烏爾曼在泰雷津創作約十五部作品，他有感於局勢急轉直下，便竭盡所能將這些作品帶出來。他的哲學家朋友，也是集中營圖書館的主管埃米爾．烏提茲在自宅協助藏匿樂譜。[5]『帶著這些樂譜活著離開這裡，』烏爾曼懇求烏提茲，他已經預感這次遠行，極可能是抵達生命的終點站。烏提茲應該妥善保留了全部手稿，期望在烏爾曼生還後歸還給他，或依照囑咐轉交給一位名叫漢斯．岡瑟．阿德勒的作家。』[6]

『烏爾曼娓娓訴說這些，究竟想向我表達什麼呢？在故事將近尾聲時，他沉吟片刻，說了這麼一句話，「漢斯．岡瑟．阿德勒擁有的手稿都已全數付梓與公開演奏了。然而，人們誤以為烏提茲還持有我託付給他的所有樂譜。事實並非如此。曾經他有一度因為擔心自己也將被轉送到奧斯威辛滅絕營，而將部分手稿交給一名可信之人，希望藉由將稿件分散在兩人手中，爭取更多機會讓作品逃離納粹魔爪。但是，因為他付託給別人的部分始終未公諸於世，我希望能夠找回樂譜……。」』

『我詢問為什麼烏提茲後來沒有找到部分失散的手稿，烏爾曼解釋道，「因為他託付的朋友音訊全無，烏爾曼推定對方已經過世，不過集中營在經歷紅十字會接管，以及蘇聯解放的混亂後，他無法斷定對方身在何處、被送往何方、以及是否仍在世。那個被託付的人，是一名來自布拉格的德裔猶太人……。」』

『根據烏爾曼說法，』薇拉接續道，『這名身體孱弱的男子在泰雷津被解放不久便離世了。他的妻子在多方躲避中倖存，遷居到瑞士，幾年後再婚，不過她冠的夫姓是什麼已經不可考……如今烏爾曼的手稿很有可能在他長居蘇黎世的女兒手中。』」

「福爾蒂諾娃女士沒有對我提出具體要求，但我已經逐漸了解我們親愛的薇拉在想什麼，她從來不敢提出要求，至少不敢對我。然而她傳遞的求救卻如此懇切！一向目光坦率的薇拉，此刻竟然百般閃避我的眼神。當時我的紀錄片已經播出很長一段時間，她深知我們的生活都已翻到新頁……對她來說，我已經不再是她需要討好的記者了……那天在她眼中，我到底是哪種身分的對談者？是知己還是備胎？但我必須承認她打動了我。薇拉這通來電讓我感到溫暖，而她選擇向我求助，是否也是以一種含蓄方式對我至今所做一切表達感謝？雖然她沒有直說，但我們接下來幾句話已慢慢切入主題，語氣也放低了一些，『下個月我即將進行髖關節手術。過去一年多來的活動和小型巡演過度消耗我的體力。我走起路來愈發艱難，必須動手術換成人工髖關節。』」

「達娜，就這樣，在一個風和日麗的清晨，我輕按蘇黎世湖畔一座小別墅的門鈴。不過在帶著妳進入那幢潮濕陰涼的別墅門廳前，請讓我先補充一下能量。我想先放下啤酒，或許換一杯萊姆酒能讓我重振精神，翻開最後一章的扉頁。」

「老實說，蘇黎世之行讓我有些害怕。妳知道，福爾蒂諾娃的案件在我腦中已經塵封並貼上標籤存檔。我擔心哪怕是一陣輕風拂來，都會再度撩撥一池春水。我內心沉潛已久對事件追根究柢的需求已經大致被滿足，在我看來，我對這部影片的解釋也站得住腳。然而，當時就是有種無以名狀的事物牽引我去蘇黎世。我想，那也許是我要將口袋贏得的錢，重新押回賭盤加倍下注的輕微恐懼吧！」

「兩天後，我離開蘇黎世。倘若這幾天有偵探跟監我，那他可能察覺不出我有任何異狀。當然，相較於剛抵達當地的模樣，我換了衣服也刮乾淨鬍子；但那名偵探可能不會留意到我出現的些微強迫症行為，我開始反覆確認公事包是否安放在腳邊。

四十八小時前我突然造訪的人，並不是那種愛從中作梗的人。我沒有向她透露太多細節，她只是看了看我的捷克記者證，聽我仔細說明為了找回失散的手稿，如何循著調查線索逐步找到她的地址。坦白跟妳說，達娜，我自己都不相信我說的內容。此行我只是想徹底搞清楚福爾蒂諾娃敘述之事。」

「那名女子是一名六旬婦人，她靠在湖邊的露臺上接待我。我們用生硬的標準德語交談，她答應會**再考慮看看**，顯然對我講述的事非常有興趣。也許這名女士對一成不變的生活感到無聊，而我的造訪增添意想不到的色彩。無論如何，我感覺她是能夠信任的。她建議我明天下午再訪，屆時她會再仔細斟酌。

「相信我，如果那天有人在當下預言，兩天後我會身處火車上，雙眼如獵鷹般緊盯我的公事包，我完全不會相信。當我回到布拉格，將烏爾曼親筆簽名的泛黃樂譜遞給福爾蒂諾娃夫人，我感覺自己彷彿無條件投降。」

「達娜，妳聽過一個哨兵在熟睡時，遙遠邊境會瞬間移位的故事嗎？當那名哨兵一覺醒來，發覺守衛的界線已不在入睡前的位置。界限時而向後退，時而往前移，不過移動幅度都不太大，衛兵因而決心將站哨亭像蝸牛殼般馱在背上，一路扛到新界線上。時間就這樣一點一滴流逝，有時經過幾天，有時則經過幾個月光景，那名哨兵總在某天清晨突然發現自己又得遷移。邊境就是這樣不受控，整體來說它在逐步後退，哨兵管轄的領土也隨之擴大。」

「我跟妳講的不是東方怪談，而是存在於**已知**跟**未知**之間那道藩籬的故事。

那名哨兵就是妳我。有時我們也是如此，一覺醒來發現前一天還荊棘叢生、人煙罕至的空地，如今已被開墾清理。而有些早晨，虛線似乎向後退到在更遠處。然而奇特的是，每個人對邊界位移的應對方式卻不完全相同。這是為什麼呢？」

「有些人可能感覺必須隨時都把站哨亭扛在背上，以準備遷移。這種負重感是必須付出的代價。對我來說，多次與福爾蒂諾娃夫人接觸的經驗讓我腰酸背痛，我堅信的真相一直在位移。我相信我已經以自己的方式對未知多加讓步，現在，我很樂意把駝在背上的哨亭交付給妳。如果妳勇於承擔，那就一肩扛下吧！這條界線會畢生牽動妳我這種好奇心旺盛的人，如同我們畢生守候內心的韃靼荒漠。[7] 像我們這種關注未知，追蹤邊界位移的人實為少數。過去很長一段時間，人們對未知的理解或探索似乎都裹足不前，沒有取得任何進展。我常在想人類在滅絕前，真的能對所有奧祕之事都有解答嗎？」

「讓我們拭目以待吧。」

「樂觀來說，也許妳的後代會得到部分解答……」

「那後來呢？」

「什麼後來？」

「薇拉呀！」

「我想我已經將蘇黎世的手稿事件深埋在記憶深處，希望永遠不再想起它。那就像放射物般，雖然隱形卻在暗中蟄伏，並且揮之不去，總之，不斷回憶這件事有百害而無一利。當時我把從蘇黎世帶回的樂譜交給她後，就再也沒見過她。後來讓我再度想起她的，是她在十年前的葬禮。」

「雖然我始終嘗試與她保持距離，但她的離世卻帶給我難以名狀的感受。那是我從未體驗過的空虛，一種非常特殊的悵然若失。接下來很長一段時間，有時我會突然期待她出現在我面前，用她那英式的淡定語調跟我交談。我多希望輪到她對我顯靈說話，我能成為唯一看到她的人，彷彿她在往生前將一直聲稱擁有的天賦傳遞給我。但我想自己完全不具備這種慧根，不像別人所說的那樣**敏感**。」

「是的，直到薇拉去世後，我才明白她在我心中佔有什麼樣的位置。即使在烏爾曼事件後，我們都沒有再見過面。我深信她已經不知不覺打開我內心深處一扇小門，多虧她帶來那縷清風，我才能免於窒息，過往的我應該是在完全不自覺的感受中，過著相當壓抑的日子。」

「有一天，我得知薇拉在倫敦斯卡街的公寓即將被拍賣。我聯繫房屋仲介去看房。我並非想購買那棟房屋，不是的，我只是想見它最後一面。我在那裡待了幾分鐘完成悼念。當然，那裡是空的，牆壁上有幾處相形之下顏色較淺的矩形區域，顯然是原先薇拉署名的肖像畫與畫作擺放的地方，現在它們已被摘除。我驀然回想起當時她畫出凡人肉眼看不見的蕭邦的場景。

是否我心心念念的蕭邦會躲在公寓某一堵牆壁間，趁著房仲絮絮叨叨介紹屋況時，只在我的眼前現身？我穿梭在每個房間，隨意提出幾個問題。房間沒有殘留任何過往痕跡，甚至連曾經揮之不去的丁香花氣味都散去了……中間有一度，當我駐足在飯廳遙望對面時，隱約瞥見一個人輕輕靠在盧尼克飯店的窗前抽煙。從遠處看，那人有點像帕韋爾．切爾尼，我已經能想像他彷彿在訕笑我，說道，『看來你之後頗有建樹，對吧？』光陰荏苒，我也很想知道他現在過得如何……之後，我對房仲說出當買家對物件缺乏興趣時常說的客套話，『給我您的名片，我還要考慮一下。』他毫不遲疑使用在這種情況下最制式的回覆，『那要盡快，您不是唯一對這個物件感興趣的人。』」

「達娜，現在輪到妳接手這件事……在結束這個話題前，我們聊聊最後一個話題：妳知道薇拉被葬在哪裡嗎？」

「我猜應該是和她丈夫葬在一起？」

「哦，邏輯上應該如此！但事實完全不符合妳的推論。她長眠在高堡的公墓。當時，告別式彌撒在鄰近的聖皮耶與聖保羅聖殿舉行，薇拉的靈柩被推到她生前在那次諸聖節前往祭奠的相同地點。妳能想像我有多麼震驚……。」

「如同之前我提到那個面對未知的站哨亭，這是我要留給妳的另一個謎團……難道薇拉在一九五五年，已經預留安置自身靈柩的地點？她是預先前來悼念即將成為亡靈的自嗎？她認為自己在幫一名偉大作曲家譜寫與傳遞遺作後，理應被安葬於庫貝利克、安切爾、蘇克、德弗札克等作曲家長眠的知名墓地？天知道！這是另一個被她帶進墳墓的祕密，而且這個祕密只進入她自身的墳墓。這名看似溫柔從容的女子，身上竟散發一種魔性。妳將會理解為什麼後來我迫切感覺人生必需翻開新的篇章。薇拉一直到自己的葬禮上，都提醒著她身上有無盡的造化……無論在教堂或在前往墓地的小徑，我一直盯著出席的人，尤其是我未曾謀面的人們。妳真該見識一下當時的人潮有多洶湧！我不禁想到在眾多面孔中，是否真的藏著整起事件的幕後主謀？」

「難不成你對已結案的事件還抱有懸念嗎？」

「不管如何，我心中始終都存有一絲疑惑。當時，我真想在儀式結束後暗自尾隨所有前來致哀的人，一直追蹤到他們家，追查他們私下生活，追到他們腦海深處。我想挖出到底是誰從中獲利，或許冒牌貨不只有一個，而是有好幾個。是否有可能當天在場的每個人，都曾分頭創作**蕭邦**的馬祖卡舞曲、詼諧曲或序曲？

在法國文藝復興時期，有一位名叫路易絲・拉貝的女詩人。[8] 直到今日，人們才開始認真考究她是否只是個幌子。當時她署名發表的詩歌很可能是一群詩人的集合作品，但是這個質疑聲浪從何而來？一切還是未知……如今五個世紀過去，真相仍難以浮出水面。所以對於這個蕭邦諾娃，我們還有時間慢慢調查！」

1《亞特蘭帝暴君》為烏爾曼創作的一部單幕歌劇作品，內容描寫一名極力避免死亡的暴君，試圖從對生命的死懼中解放人類。這部作品在一九七五年於阿姆斯特丹首演，是一齣較少被演奏的歌劇曲目。

2 這句話是以紅茶法文（du thé noir，字面意義為黑茶）與白茶，作為與黑白琴鍵的幽默對照。

3 親衛隊（Schutzstaffel，簡稱SS，為希特勒／黨魁直轄衛隊），在德國納粹黨內部，負責監察黨紀與對黨魁效忠與執行黨中央決策命令的分部。親衛隊的前身為希特勒個人衛隊。

4 此處所指的是一九四一年六月德國對蘇聯發動入侵。二戰局勢在一九四三年二月德國在史達林格勒戰敗後突然扭轉。盟軍登陸法國後，蘇聯在一年內從東部進攻，其他同盟國則從西部進攻。

5 埃米爾．烏提茲（Emil UtitZ，1883-1956），捷克猶太裔哲學家與心理學家，一九二五年於哈勒-威登堡大學擔任哲學系系主任，一九三五年被迫退休，一九四二年被遣送到特雷津集中營，成為圖書館館長，一九四五年被同盟國解放後返回布拉格。

6 漢斯．岡瑟．阿德勒（Hans Günther Adler，1910-1988），奧地利詩人、作家、猶太大屠殺倖存者。阿德勒在一九五五年出版的學術著作《特雷津集中營：一九四一—一九四五年》（Theresienstadt 1941-1945）為西方學界研究大屠殺奠定基礎，其中對泰雷津集中營的機構制度、營區設置，以及加害者與受害者心理有相當詳細描述。

7 這裡提及的韃靼荒漠，出自迪諾．布扎第（Dino Buzzati，1906-1972）的同名小說 *Le Désert des Tartares*。布扎第出生於義大利北部貝魯諾，生前為一名作家、記者、劇作家與畫家，創作以短篇小說為主。《韃靼荒漠》的故事背景發生在一九〇〇年左右，描述心懷壯志的主人翁喬凡尼．卓坷，被派往沙漠邊境守衛一座被世人遺忘的古堡。他一心盼望與韃靼人作戰建立功名，卻在漫漫長日苦守，直到被迫捲入一場命運的戰爭。

8 路易絲．拉貝（Louise Labé，1524-1566），文藝復興時期知名的女詩人。拉貝出生於法國當時的文化中心里昂，父親因製繩致富。她喜愛文學，在家開設藝文沙龍，聚集里昂的文人論詩寫作。拉貝本身以創作哀歌與十四行詩出名，她的散文常常鼓勵婦女透過寫作以提高社會地位。

第二十章

路德維克一口氣交代完始末，年輕女子微笑點點頭，看起來略為心神不寧。他很確定這個故事讓她深感不安，其中牽涉的敏感主題讓她興起許多共鳴。不知道是否是整夜酒精催化，他才意識到這個名叫達娜的女子臉龐如此細緻迷人。還是說他給予達娜高度評價，是因為沒人像她一樣帶著迷茫目光專注聽自己講古？夜晚不再是無邊低垂的黑幕，在黎明乍現時分，黑暗悄悄隱藏在每個角落。河流不再如末日時刻漂浮著油漬的水面那般令人不安，而是在劇院與音樂廳前繪製的一片墨石色釉彩。在魯道夫音樂廳屋頂上，眾多音樂家的雕像即將在遠方有軌電車傳來的叮噹聲中，坐在前排最佳位置遠眺旭日。路德維克聯想到伊日・韋伊這部交雜悲喜的小說劇情，[1]當納粹想拆除音樂廳上方猶太裔音樂家孟德爾頌的雕像時，工人不慎拆除了華格納的雕像。而蕭邦呢？他是否也駐足在高處守望？他是否作為一名冷眼旁觀的人，俯瞰人間的悲喜？鐘樓與十字架，圓頂與蒼穹……路德維克生命中最重要的歲月，就在古老城市的塔樓間躑躅。這座城市對他來說永遠都蘊含強烈輻射，他必須很長一段時間避免涉足其間，無論是城市的街道、長椅或咖啡館……那些透過姿德恩卡雙眸而重燃生命熱情的場所。在那些充滿痛楚之處，他成長過程曾走過的路徑蜿蜒延伸，讓他沉醉與迷失在希望與喜悅交融的日常時光中。還有像是倫敦斯卡街、高堡墓園等地。那天晚上，他回憶起往日跟蹤的軌跡。是的，當他驀然想起自己的年歲時，他簡直無法相信這一切的一切轉瞬間都化為過往雲煙。

「我們走了嗎？」達娜在身旁囁囁說道。

路德維克心想，要是時間往前倒轉三十年，這名女子會是一個完美的間諜。她能掌控與拿捏間諜須具備的**距離感**與**默契**……她甚至不需要主動開口問他任何問題，這不是審訊的最高境界嗎？路德維克很想知道日後她是否有能力直搗這宗舊案件的核心。誰能說得準？也許正是需要透過女性來解讀薇拉・福爾蒂諾娃的心理吧！

他們起身，路德維克已經把親身經歷都託付給她，此刻他多希望能將她擁入懷中。

沿著河岸，在這長夜將盡的溫暖空氣中，他幾乎忘記兩人間隔二十五歲差距。毫無疑問，她從今晚一開始就明白憑著自己的臉蛋、微笑與雙眸，她能從這名男子身上套取世界上所有祕密。因為傾囊相授對於薇拉・福爾蒂諾娃的真正想法，加上一連串酒精催化，路德維克陷入自以為能博得讚美與肯定的自我陶醉狀態。難道他還以為此刻跟一九九五年的自己毫無差別嗎？難道世代差異的顯現不能讓今晚為他暫停片刻？當他們並肩走出戶外，酒精卸除路德維克所有防備，儘管步履蹣跚、口齒不清，他依然感覺自己意氣風發。正當達娜感謝他願意花費時間暢談，並問及日後若有需要能否再聯繫他時，他試圖環抱住她的肩膀。達娜巧妙閃開，以笑聲掩飾緊張氣氛，皺起眉頭用對待孩子的語氣勸他，「別這樣，斯拉尼先生，不要破壞這美好的夜晚。」她再次道謝後轉身揚長而去。

沒有人目睹這一幕，街角也沒有傳來一陣嘲笑聲……「有夠白痴！」路德維克咆哮。他踉蹌往前走了幾步，倚在堤岸的欄杆讓自己穩定步履。突然他感到一陣噁心，嘔出一大口啤酒與喉頭的苦澀。他感覺輕鬆一些。不過，儘管身體的噁心感逐步消退，他腦中卻揮之不去方才愚蠢的行逕，並意識到那是多麼赤裸而醜陋。

路德維克對自己又增添一樁醜態畢露的紀錄感到自責。他多希望能快步追上達娜，說服對方忘卻這一幕，讓這個夜晚在他訴說的長篇故事尾聲同步畫上休止符。剛才他顯得多麼文采飛揚……由於畸形的職業病使然，他常心生錯覺，認為人生充其量只是在拍攝一部漫長的影片。當人們死亡後，他們的人生馬上會被送到一間剪輯室，只保留可呈現的內容，並同步刪除廢片。而方才他用彷彿跟達娜同齡的行為對待她，讓她逃之夭夭，並留給自己無以復加的不堪，以及滿腦子的自我憎恨。

漸漸地，迎面襲來的微風將路德維克帶回深夜濕冷的現實中。他聽到萬籟俱寂中窸窣的聲音：腳下潺潺的河水聲，遠處汽車引擎熄火，以及更遠處救護車的鳴笛。他不知道自己倚靠欄杆的姿勢已經維持多久，內臟都快被壓扁了。他在原地多待幾分鐘，專注感受自我，並輕輕閉上雙眼……畢竟這裡沒有人，周遭彷彿處於海水退潮時刻。如果不是天氣嚴寒，他可以一動也不動地僵在那裡一個世紀。他還會為自己帶來這種羞辱嗎？他發誓不會。直到此刻，路德維克的大腦才開始灌入清晰思緒。他已經將福爾蒂諾娃的案件交接給達娜，現在她應該心滿意足帶著戰利品歸返，並從此在記憶中將路德維克刪除，如同剪掉一段不光采的廢片，同時在歸程中一邊回覆整晚路德維克大放厥詞同時，其他男人們陸續傳來的簡訊。當時路德維克還認真以為自己和她激發出什麼異樣的火花！

坦白來說，無論是多一次或少一次羞辱都並非真正問題所在。路德維克曾經嘸下比這次還難堪的屈辱，但現在他感受的苦澀更加鮮明。也許他擔心這次的蒙羞後，餘生不會再受到任何勝利的青睞，也不會有任何值得驕傲的事蹟來覆蓋這段丟臉的記憶。但這對他來說也未嘗不好，他只需要從此一筆勾銷。沒錯，就像人們常說的那樣，翻開新的篇章吧！

當路德維克腦中剛竄出這個想法時，他聽到一聲輕咳。這種安靜的咳嗽聲，通常只是用來宣告自己的存在，是一種不想驚嚇到別人或讓人心生尷尬的存在。路德維克深吸口氣沒有睜開眼睛。他沒聽到達娜靠近。難道她又折返回來？她是否後悔剛剛輕率推開他？在一分鐘前，他還不敢奢求的安慰現在卻近在咫尺……又或者是她餘怒未消，打算回來找他，厲聲斥責他剛才的行徑？路德維克在這種憂懼中睜開眼睛。

眼前是一名夜歸者，或許和他一樣喝醉了，對方的身影漸漸清晰。確實是一名過路客，但看起來不像喝醉了。奇怪的是，當那名三十來歲的男子逐步靠近時，輪廓看上去卻有些異常。那人即將與他擦肩，他漠然、緩慢地踽踽獨行，漫無目的地前進。

那人與其說在趕路，不如說在漫遊。他像一名夜行者，或者一位夢遊者，熱愛著這片靜謐的夜色，並準備迎接邁入嶄新一日的世界……那名夜行者逆光而行，隱身在他身後最近的那盞路燈形成光暈，他的剪影則散發典雅紳士或紈絝子弟的氣質。這個人看上去有種似曾相識的感覺，路德維克心想，他曾在哪裡遇見對方嗎？有時他會向某位眼熟的人打招呼，但後來卻絞盡腦汁許久，無法想起對方是誰，直到拼湊出記憶，想到對方只不過個同辦公室沒有什麼交集的平凡職員。

那名造型古怪的男子走近他身側，他們正要錯身時，兩人的目光交會。此刻，路德維克．斯拉尼全身如同被電流貫穿。那名晨光中的過客繼續信步往前，但方才與他擦肩的那一秒，卻飽含所有噩夢降臨的要素。路德維克想攔下對方，手腳卻完全不聽使喚。

這完全不是出於酒精催化或噁心感，因為剛才路德維克過度驚駭，已經酒醒一大半。他只能眼睜睜目送那一臉淡然的漫遊者漸行漸遠，轉過街角。那人背著手信步往前，帶著安詳的神情，以至於當人們聽到對方哼唱一段臨終創作的旋律，或在黎明的靜謐中突然湧現的新曲調都不會感到突兀訝異。因為很快地，他就會將那些重返人世漫步時構思的旋律譜寫下來。

此刻，夜行者已杳然無蹤，他的所到之處留下一縷淡淡的丁香花香，隨著微風漸漸飄逝。

---

1 伊日．韋伊（Jirˇí Weil,1900-1959），捷克猶太裔作家，大屠殺倖存者。韋伊著名的作品《孟德爾頌在屋頂上》（*Mendelssohn is on the Roof*，1960），是一部諷刺意味極強的小說。故事背景為二戰時期受到傀儡政權統治的捷克，當時副總督前來布拉格視察，決定撤除音樂廳屋頂上的猶太音樂家雕像，卻沒注意到工人根本不認識那些雕像身分。結果工人根據猶太人鼻子較大的特徵，誤將華格納的雕像拆除。

謝詞

關於羅斯瑪麗・布朗（Rosemary Brown）的生平，讀者可以參考她撰寫的三本書籍，我個人從中汲取了一些寫作本書的素材：

《與另一個世界的溝通》，J'ai lu出版社，「神秘探險」叢書，一九七一年。

《我的身旁的永生者》，Henry Regnery Company出版社，一九七五年。

《超越今日》，Bantam Press出版社，一九八六年。[1]

我要感謝讓・弗朗索瓦・齊格爾（Jean-François Zygel）總是耐心聆聽我的問題並提供專業的回應予以解惑。同時還要感謝法國藝文推廣總署推動的「司湯達爾國際作家交流計畫」，讓我得以在二〇〇一年於布拉格駐留了很長一段時光。

---

1 En communication avec l'au-delà, J'ai lu,《L'aventure mystérieuse》, 1971.
Immortals by My Side, Henry Regnery Company, 1975.
Look beyond Today, Bantam Press, 1986.

Beyond

66

蕭邦的傳聲者

La télégraphiste de Chopin

作者	艾力克・菲耶（Éric Faye）
譯者	黃馨逸
副總編輯	洪仕翰
責任編輯	宋繼昕
行銷總監	陳雅雯
行銷	趙鴻祐、張偉豪、張詠晶
封面設計	馮議徹
排版	宸遠彩藝

出版	衛城出版／左岸文化事業有限公司
發行	遠足文化事業股份有限公司（讀書共和國出版集團）
地址	二三一四一　新北市新店區民權路一〇八－三號八樓
電話	〇二－二二一八一四一七
傳真	〇二－二二一八〇七二七
客服專線	〇八〇〇－二二一〇二九
法律顧問	華洋法律事務所蘇文生律師
印刷	呈靖彩藝有限公司
初版	二〇二四年六月
定價	四二〇元

國家圖書館出版品預行編目（CIP）資料

蕭邦的傳聲者/艾力克.菲耶(Éric Faye)著；黃馨逸譯. – 初版. – 新北市：衛城出版, 左岸文化事業有限公司出版：遠足文化事業股份有限公司發行, 2024.06
面；公分. –（Beyond；66）
譯自：La télégraphiste de Chopin.
ISBN 978-626-7376-42-3（平裝）

876.57　　113004360

ACRO POLIS 衛城出版
Email acropolismde@gmail.com
Facebook www.facebook.com/acrolispublish